婚約者を譲れと言うなら譲ります。私が欲しいのはアナタの婚約者なので。 2

登場人物紹介
Characters
ハロルド
メイヤー公爵家当主。王位継承権をもつ王弟だが、過去の事件のせいで様々な制約を課せられている。
マリーアンネ
クラリンス侯爵家の令嬢で、ハロルドの婚約者。元は王太子と婚約しており、未来の賢妃として期待されていた。幼い頃からハロルドを恋い慕っている。

アイズ
モーリア伯爵令嬢。マリーアンネの助手を務めることになる才女。
アリアローズ
エルディニア王国の王妃で、クロードの母。
エリアーナ
マリーアンネの妹。クロードと婚約している。
クロード
かつてマリーアンネと婚約していた王太子。幼い頃毒殺されかけたことがある。
ルリカ
マリーアンネ付きのメイド。主の幸せのため常に尽力している。
バルド
メイヤー公爵家の執事。ハロルドにとって頼れる腹心。

プロローグ

　ガチャン、とグラスの割れる不快な音が暗い室内に響いた。

　砕けたガラス片が毛足の長い絨毯《じゅうたん》に飛び散り、窓から忍び込む月の光を受けてキラキラと光を放つ。

「なんなのよ！　なんで全然思い通りにいかないの⁉」

　不機嫌を隠そうともしない少女の声は誰に向けられたものでもなく、誰も反応を返さない。

　しかし、少女はそれが気に入らないらしい。鋭い視線をこちらに向けると、淑女とは思えぬ物言いで食ってかかってくる。

「もとはと言えば、あのときクロードさまがわたしのそばにいてくださらなかったのが悪いのよ！　そばにさえいてくだされば、あんな失態を晒《さら》さなくて済んだし、ふたりが帰ってしまうこともなかったわ！」

「そうでしょう？」と今度は同意を求められ、わたしは慇懃《いんぎん》にうなずいた。

　少女がここまで腹を立てている原因は、先日行われたこのエルディニア王国の建国祭でのことが原因だ。

王太子の婚約者であるこの少女――エリアーナ様は、様々な失態を犯した。自分が婚約を破棄した相手、しかも姉の婚約者となったばかりの男性に臆面もなくダンスを申し込み、さらには他国の王子を侮辱《ぶじょく》する言葉を投げかけたのだ。

王太子であるクロード殿下も、そんな彼女をたしなめることもせず、それどころかそのわがままを助長するような有様だった。それを、叔父である王弟に諫《いさ》められ、自分で選んだ婚約者さえまともに導けていないという実情を貴族たちの集まるパーティの場で晒《さら》してしまった。

(あのときくらい、大人しくしていればよかったものを……)

殿下はあのパーティーのあとも、忠臣たちに頭が痛くなるほど諫言《かんげん》を聞かされたことだろう。

彼女とその姉が婚約者を交換してからこれまで、王宮のそこかしこで何度かその姿を見た。

この自由奔放《じゆうほんぽう》な娘を婚約者にするのには反対だ、と繰り返し何度も説得される彼の姿を。

そんなことも知らずに、彼女はここで癇癪《かんしゃく》を起こしているのだ。

彼女がなぜ王太子の婚約者になったのか、それを知っている身としては、この少女の行動はなんとも身勝手に思える。けれど彼女は完全に打算で王太子と一緒にいるのだから、王太子がどうであろうと関係ないのかもしれない。

(まあ、だからこそ扱いやすいのだけれど……)

そう、彼女の思惑《おもわく》がなんであれ、最終的な目的がわたしと、そしてあの方と重なっているのであれば問題ないのだ。

加えて無能で扱いやすければ、それに越したことはない。

「ねえ、どうすればいいの？　どうすればわたしの欲しいものは手に入るの？」

縋《すが》るように意見を求める彼女の姿に、わたしは口の端を持ち上げて笑みの形を作る。

「お嬢様、欲しいものはできるだけご自分の近くに置いておかなければ。もしそれが誰かのものであるなら、その持ち主に気がつかれぬよう……慎重にゆっくり自分のそばへ引き寄せるのですよ」

「慎重に、自分のそばへ……？　でも、そんなのどうすれば……」

「わたしに、考えがございます」

眉根を寄せる彼女に、わたしは笑みを絶やさずうなずいた。

正直、そんなことができる性格ではなさそうだが、彼女にはそこまで期待しているわけではないのだから別にいいだろう。それにもしうまくいったら、こちらの手間が省《はぶ》ける。

失敗しても、そのときはきっとこの娘が責任を負《お》うだけだ。

とにかく、向こうに余計な疑念を抱かせてはならない。

少しでも警戒されれば、わたしの望みも、あの方の願いも叶わなくなるかもしれないのだから。

（全ては望みを叶えるため、邪魔となりうるものはひとつ残らず取り除かなければ……）

眩しく輝く月から身を隠すようにしながら、わたしはひっそりとある計画を彼女に伝えるのだった。

第一章

幸せとは、きっとこういうことを言うんだろう。

手首に結ばれた赤い紐が、朝日を受けて艶《あで》やかな光を放つ。

(昨日のことは、夢ではなかったのね……)

夜の教会で、ハロルド・メイヤー公爵とふたり、結婚式をした。

もちろん正式なものではない。

ウェディングドレスもなく、参列者は互いの信頼する従者がふたりだけ。

司祭もいない、おままごとのような結婚式。

それでも、わたしにはこれ以上ないほど幸せだった。

妹・エリアーナとの婚約者交換騒動の末、新たにわたしの婚約者となったハロルド様。

ずっと想いを寄せていた彼と、お互いの気持ちが同じであることを知ったのは、それからいくらも経たないうちのことだった。それだけでも十分に幸せだったのに、非公式とはいえ互いに将来を誓い合ったのだ。幸せじゃないはずがない。

「マリーアンネお嬢様、昨夜は本当におめでとうございます」

ゆったりと幸福の余韻《よいん》に浸るわたしに、鏡の向こうでメイドのルリカが楽しそうに微笑んだ。

機嫌がいいのか、灰緑色のドレスに身を包んだわたしの髪をブラシでとかしながら、軽やかな鼻歌まで歌っている。

それがなんだか無性に気恥ずかしくて、頬がほんのり熱を持つ。

けれど今はそれさえも幸せで、自然と頬がゆるんでしまう。

「全部、ルリカとバルドのおかげだわ……本当にありがとう」

わたしの専属メイドであるルリカと、メイヤー公爵家の執事であるバルド。

このふたりの協力なくして、昨日の結婚式は行えなかっただろう。

心からの感謝を伝えるわたしに、ルリカは満足そうに微笑んだ。

「お礼なんて……私もバルド様も、お嬢様のお力になれてとっても嬉しいのです。それになにより、お嬢様のお幸せがルリカの幸せなのですから、あれくらいのことは当然です！」

それからルリカは「本番はもっと盛大に、美しくお嬢様をドレスアップさせてみせます！」と冗談なのか本気なのかわからない調子で言うと、ドレッサーにブラシを置く。

「さあ、できましたよ」

そう言って微笑むルリカに、わたしは鏡越しに笑みを返す。

その胸元には、プロポーズとともにハロルド様からいただいてから、肌身離さずつけているブルーサファイヤのネックレスが輝いていて――今までにないほどの幸せが、胸を満たすのを感じるのだった。

（……なにかしら？）

支度を終えて食堂へ向かうと、扉の前で使用人たちが妙にソワソワしているのが目に入った。

わたしが来たのに気がつくと、なんだか気まずそうな表情で、慌てたように小さく頭を下げる。

「なにかあったのでしょうか？」

ルリカも不思議そうに首をかしげ、使用人仲間に事情を聞きに向かう。けれどその原因は、食堂から聞こえてきた声ですぐにわかった。

「――だから、お姉さまにお願いすることにしたのよ！」

（わたしに、お願い……？）

廊下まで響くエリアーナの楽しげな声に、よくない予感を抱きながら、そっと食堂へ続く扉をくぐる。

中では、父上と母上が困惑しきった顔でエリアーナと向き合っていた。

「父上、母上。おはようございます」

「……おはよう、マリーアンネ」

わたしが声をかけると、父と母はあからさまにほっとしたような表情を浮かべ、お互いに視線を交わし合っている。

（一体、どうしたというの……？）

煮え切らない様子の両親を視界の隅に留めながら、使用人が引いてくれた椅子に腰かける。

すると、それを待っていたと言わんばかりに、エリアーナがこちらに身を乗り出してきた。

「ねえ、お姉さまにお願いがあるの！」

「……その話は、朝食のあとではダメなの？」

視線を合わせずに、乗り気ではないことを態度で示してみせるけれど、そんなことを察してくれる妹ではない。

「今がいいの！　今聞いてちょうだい！」

エリアーナは食卓の上にさらに身を乗り出すと、その白く華奢《きゃしゃ》な手からは想像できないほどの力で、わたしの手を握った。

驚いて思わず顔を上げると、エリアーナは嬉しそうな笑みを浮かべて、その桃色の唇で言葉を紡ぐ。

「建国祭のパーティーの日、わたしちょっと失敗しちゃったでしょ？　それで、早急に王太子妃にふさわしい教養を身につけなければならないって、王妃さまに言われてしまったのよ。でも、外交術と外国語の先生だけがなかなか見つからなくて……」

先日のあの失敗を『ちょっと』で済ませている時点でどうかと思うけれど、それは今言ってもどうしようもないことだ。それよりも、このあとに続くだろうエリアーナの言葉を思うと、握られた手を振りほどいて、耳を塞《ふさ》ぎたくなった。

けれど実際にそんなことができるはずもなく――

「それでね、お姉さまはもう王太子妃教育を完璧に終えられていて、少し前までは王妃さまの公務のお手伝いもしていたでしょう？」

「……ええ」

「その経験を生かして、わたしの講師を引き受けてくれないかしら」

「無理よ」

そう言った声のあまりの冷たさに、自分でも驚いてしまう。

でも無理なものは無理なのだ。こればかりは、エリアーナが苦手とかどうとかいう問題ではない。

そもそも王太子妃教育に関われるのは、王室の選抜試験を突破し、資格を得た者のみと決まっている。いくら王太子妃教育が済んでいても、わたしにその資格はない。

それを伝えると、エリアーナは大きな瞳を何度か瞬かせてから、わかったわ、と言ってなぜか微笑んだ。

「そういうことなら、わたしに任せて。今回はとっても急いでいるから、王妃さまにお願いすれば特例だって認めてくれるはずだわ！」

（特例って……）

自分の努力不足を棚に上げて、こんなことが言えるエリアーナの神経が信じられない。いくら王妃様が好意的とはいえ、あんな失態を演じておいて、お願いできる立場ではないと思うのだけれど。

「王太子妃教育は王妃さまの管轄だから、お姉さまを講師にすることだってきっと難しくないはずよ」

エリアーナは王妃様にお願いすればなんでも叶えてもらえるとでも思っているのだろうか。

妹のあまりの様子に、両親に助けを求める視線を送るけれど、どうやらこのふたりは関わる気がないらしい。苦々しい表情をしてはいるけれど、口は挟んでこなかった。

「ちゃんとお勉強すれば、お姉さまたちに迷惑をかけることもなくなると思うの……だから協力してね、お姉さま！」

「……わたしに決める権利はないわ」

わたしに協力する気があってもなくても、全ては王家が決めることだ。たとえここで断ったとしても、もし王家から依頼されれば、わたしに断る術はない。

(これは、ハロルド様にお報《しら》せしたほうがいいかもしれないわね……)

さっきまでの浮き立つような感覚は綺麗さっぱり消え去って、わたしの胸の中にはモヤモヤとした思いが広がりはじめていた。


手早く朝食を済ませて、わたしは足早に自室へ戻る。

そのまま滑るように部屋へ入ると、付き従っていたルリカが我慢できないというように口を開いた。

「エリアーナ様は一体どうして、お嬢様にあのようなお願いができるのですか⁉」

静かに怒りを滾《たぎ》らせる彼女の姿に、自分の中にあったモヤモヤした感情が落ち着くのを感じながら、わたしは思わず苦笑を漏《も》らす。

「ルリカ、怒ってくれてありがとう。でも、わたしは大丈夫よ。それにね、あの場ではああ言ったけれど、考えてみれば悪い案でもないと思うの」

「なにをおっしゃっているんですか……！　いくらお嬢様が優秀といえど、苦労されるのが目に見えているのですから、お引き受けになるべきではないと思います」

「そうね。でもわたしの意見はきっと関係ないわ……これは王家、ひいては国の未来に関わることだもの」

「それは、そうかもしれませんが……」

わたしの言葉に、ルリカはもどかしそうにうつむいてしまった。

でも、心配してくれるルリカには悪いけれど、大丈夫というのは建前ではなく本心からだ。

資格のないわたしが王太子妃教育をするなんて分不相応だという考えが消えることはない。

（でも、現状を考えればわたしが教えるのが手っ取り早いことに間違いはないのよね……）

エリアーナが素直に講義を受けてくれるかは別として、講師にふさわしい者が見つからない現状への対策としては一番有力な案だろう。ましてや、あんな騒ぎがあったあとならなおさらだ。

（国王陛下もエリアーナへの教育を急がせているというし、このまま行けばきっと王妃様も許可なさる可能性が高い）

ただし、そうなれば学者たちからの反発の声が上がるのは否めない。なにせ『王太子妃の講師になる』というのは、それだけで一生安泰ともいえる名誉を得るのと同じことなのだ。

この国最高水準の教育ができる人物となれば、どこの貴族も子供の家庭教師に迎えたがる。そうなれば、あとは言わずもがなだ。

学問の探究に没頭したい者は別として、今後のことを考えるならば、みすみすその機会を逃す者はいないだろう。

(でも、そこはきっと王家がなんとかしてしまうのでしょうね……)

　理由なんて、探せばいくらでも見つけられるのだから。

「とにかく、ハロルド様にお報《しら》せしておいたほうがいいと思うの。手紙を書くから用意してくれる?」

「かしこまりました……」

　ルリカはまだなにか言いたげにしながら、渋々といったようにレターセットを準備してくれる。便箋《びんせん》、封筒、ペンにインクと手際よく準備しながら、ルリカはどうしても納得がいかないのかポツポツと話し出す。

「……お嬢様。今回の件、公爵になんとかしていただくことはできないのですか?」

「それはどうかしらね……」

「もし万が一、エリアーナ様の講師になることが決まれば、公爵と過ごすお時間がなくなってしまうかもしれません……せっかく想いが通じ合ったばかりなのに」

　ルリカの本心としては、このままエリアーナの事情に巻き込まれることなく、ハロルド様と穏やかに過ごしてほしいというところなのだろう。

　本音を言えば、わたしだってルリカと同じ気持ちではある。けれど、そうも言っていられない。

「ルリカ……心配かけてごめんなさいね」

(でも、こればかりはハロルド様にも手出しできるかどうかわからないのよね……)

この間の陛下のお話を聞いた限りでは、ハロルド様は王家に関わることに表だって口を出せない立場らしい。今回の講師の件に関して、陛下に『個人的に』お話はできても、それ以上の要望を通すことはきっとできないだろう。

その上、ただでさえ王太子であるクロード殿下の公務を肩代わりすることが多く、加えて領地の管理もしなければならない。そんな忙しいハロルド様に、これ以上迷惑をかけたくなかった。

（それに、なにがグロリア公爵を刺激するかわからないものね……）

国の功臣。王妃様の貢献人。王太子殿下の後ろ盾。

貴族や王家に対して絶大な権力を誇る彼《か》の公爵は、好々爺然《こうこうやぜん》とした見た目とは裏腹に、強欲な貴族たちを裏でまとめ上げている、隙がなく油断ならない人物だ。

それになにより、現在は表面化していないものの、過去にはハロルド様の敵対派閥だった。

（なにがとは言えないけれど、殿下の婚約者だったときから少し苦手だったのよね……）

なんというか、彼の前の立つと、いつも自分が値踏みされているような気分になった。自分に敵対することがないか、公爵にとって益《えき》になるか否か。あの、人のよさそうな笑みの下で、グロリア公爵はわたしを一体どう評価していたのだろう……

（とにかくどう転ぶにしても、ハロルド様にご相談してのことならわたしも納得できる）

手早く手紙を書き上げて、封蝋で封をする。

「ルリカ、これをハロルド様へ……できればお返事ももらってくるようにお願いしてくれる？」

「……かしこまりました」

ルリカは手紙を受け取ると、そのまま部屋を出ていく。静かになった部屋の中で、わたしは小さく息を吐いた。

「一難去ってまた一難とは、まさにこのことね……」

秋の終わりの高く澄んだ青空とは裏腹に、わたしの心にはどんよりとした雲が立ち込めはじめるのだった。

ハロルド様から、屋敷に来てほしいと返事が来たのは、その日の午後になってからのことだった。

「急に呼び出してしまってすまない」

「いえ、わたしもお手紙の件で、ハロルド様とお話ししたかったですから」

どこか疲れ切った様子のハロルド様にそう返しながら、わたしは彼の対面に腰を下ろす。

「……では早速だが、今回の講師の件について、俺のほうでわかったことを話そう」

どうやら、こちらが手紙を送ったあとに、ハロルド様のほうで事情を調べておいてくれたらしい。

彼が目配せすると、そばに控えていた執事のバルドが数枚の書類をこちらへ差し出した。

「これは……？」

「旦那様と私とで調べうる限りの情報をまとめたものでございます」

「読めばわかると思うが、今回の件に関しては義姉上《あねうえ》……王妃の意向が大きく関わっているらしい」

「王妃様の……」

ハロルド様の苦々しげな表情と、『王妃の意向』という言葉に、逃げ道がないことを確信しながら、わたしは受け取った資料に目を通す。そこには、エリアーナの講師に名乗りを上げた者たちが規定の成績を上げられていないことや、そもそも先日ノーディア殿下と騒ぎを起こしたせいで、試験の受験者が少ないことなどが書かれていた。

まあたしかに、あんな公《おおやけ》の場で他国の貴族といざこざを起こした令嬢の教育係なんて、苦労をすることが目に見えている。いくらうまくいけば将来が約束されているとはいえ、結果が出せなければその逆もありえるのだから、立候補者が少ないのもうなずけた。

「……この資料を読む限り、エリアーナの外交術と外国語の講師はわたしで内定している状態なのですね」

「俺とバルドが調べたところによれば、あとは兄上の裁可《さいか》を待つのみという段階らしい……。兄上も今回の件は特に急ぐようにと指示を出していたからな……この結果を見れば義姉上《あねうえ》からの提案を反対する可能性は低い」

「けれど、お急ぎということならば、わたしの外交術と外国語の講師をしてくださったセントーニ博士が、他の誰よりも適任だと思うのですが……」

「その通りなのだが、間の悪いことにセントーニは少し前から国を離れているんだ……」

「まあ、そうだったのですね」

カルザス・セントーニ博士——彼は、このエルディニアでも指折りの知識人であり、有能な外交官として名を馳《は》せている人物だ。わたしの講師になる以前から優秀なことで知られていた彼だったが、わたしの教育係を終了した途端、余計に忙しくなったようだった。

「有能すぎるせいか、しょっちゅう各国との折衝《せっしょう》に駆り出されていてな……。最近では、一年のうちで国にいる期間のほうが短いと、この前会ったときにぼやいていた」

「先生ほどのお方ともなれば、たしかにお忙しいのでしょう」

「こんなことになるなら、今回のメイトリアとの橋建設に関する交渉には別の者を向かわせるべきだったたな……」

エルディニアと隣国メイトリアの間にはグルック大河と呼ばれる大きな川が流れている。現在、そこにはサクリート大橋という橋が架けられており、両国を繋ぐ要所となっていた。しかし建設からかなりの年数が経ち、老朽化が進んだ橋は、架け替えが必要だということになり、現在両国間で話し合いが進められていた。

「先生はメイトリア方面の外交を担当していらっしゃいますから、行かないわけには参りませんよ」

「俺もそれはわかっているんだが……本当に間が悪い」

ハロルド様はため息とともに呟くと、わたしの隣へ席を移した。

「兄上が正式に裁可《さいか》を下す前に、俺にも相談があるとは思うが……その段階では断れるかどうかわからない。だから、もしマリが本当に嫌だと言うのなら、今からでもその旨を兄上たちに話に行こうと思っているが……どうだ？」

『どうだ』と言いつつも、こちらを覗き込む表情は、いつもより険しく見える。

（ハロルド様は、きっと反対なさりたいのよね……）

でもそれをあからさまに口に出さないのは、わたしの意見を尊重してくださっているからなのだろう。

「正直なところ、お断りしたい気持ちが強いです……相手はあのエリアーナですし、わたしを軽んじている節があるあの子に講義をして、本当に授業になるのか不安ですから。でも……」

「でも……？」

言葉の先を促すような眼差しに、わたしは軽く手を握ってから続ける。

「もし、エリアーナがきちんと講義を受けて、殿下の婚約者としての体裁をなすことができるようになれば、ハロルド様に先日のようなご迷惑をかけることもなくなると思うと、その……断るのもどうかと思って」

それに、今の話を聞いた限り断れる可能性のほうが低いはずだ。

そんな不安と諦めが入り交じった心境をそのまま伝えると、ハロルド様はまるごと包み込むような笑みを浮かべてそっとわたしの手を取った。

「なるほどな。マリの気持ちはわかった。ひとまず、義姉上《あねうえ》にお会いしてみることにしよう」

「王妃様にですか……？」

「ああ、王太子妃の教育に関しては、兄上よりも義姉上《あねうえ》の権限が優先されることは知っているな？」

「はい」

もちろん、最終決定を下すのは国王だけれど、次代の王妃を育てるのは現王妃の役目という考えが基本としてあるためか、王太子妃の教育に関する事柄については、国王陛下より王妃様の意見が尊重されている。

「実際、この件がどう転ぶかはわからないが、引き受けることになったときのことを考えて、ここから先は、マリの負担を少しでも軽くできるようにしたほうがいいだろう……そのためにも、なるべく早めに義姉上《あねうえ》に会う必要がある」

「わかりました。では屋敷に戻って、お会いしていただけるよう王妃様にお手紙を……」

「いや、マリはなにもしなくていい」

「え？」

「ひとまず、この件は俺に任せてくれ」

キョトンとするわたしに、ハロルド様はニッコリと微笑んでそう言った。

王妃様とお会いする日時が決まった、とハロルド様から手紙が届いたのは、あれから二日後の朝のことだった。

「ルリカ、急なのだけれど、今日の午後に王妃様のところへ伺うことになったわ」

「かしこまりました。では早速準備に取りかかりますね」

「ええ、お願い」

ハロルド様がどんな内容の手紙を送ったのかはわからないけれど、用件が用件だ。きっと王妃様も、早く話し合いたいということなのだろう。

テーブルにあったベルを鳴らして、ルリカが控えているメイドたちに指示を出す。

一通りの指示とドレス選びを終えたルリカは、少し不安そうな面持ちでわたしのそばへ戻ってきた。

「あのお嬢様……差し出がましいことをお聞きしますが、今日はおひとりで王宮に行かれるのですか？」

今回の講師の件に関して、全力で反対の意を表明しているルリカにしてみれば、わたしが王宮に行くこと自体反対なのだろう。

王妃様に頭を下げられれば、どんな事情があるにせよ、講師の件を引き受けざるをえない。まあそもそも、今回の件は逃げ道など用意されていないようだけれど、ルリカはまだそれを知らない。だから余計に心配してくれているのだろう。

そんなルリカの不安を少しでも取り除きたくて、わたしは微笑んで首を横に振った。

「大丈夫よ、今日はハロルド様もご一緒してくださるわ」

「公爵様がご一緒してくださるなら安心ですね」

（でも、ハロルド様はどうなさるおつもりなのかしら……？）

わたしの負担が減るようにすると言っていたけれど、実際のところハロルド様がなにを要求するつもりなのかは知らない。

（ハロルド様のことだから、悪いようにはならないと思うのだけれど……）

ルリカたちが慌ただしく準備を整えているのを鏡越しに見ながら、わたしはつらつらとそんなことを考えていた。

無事に支度を終えると、まるでそれを待っていたかのように、公爵家の馬車が我が家の門をくぐってくるのが見えた。

藤色のドレスを着た自分の姿をもう一度鏡で確認する。最後にハロルド様からもらったネックレスと、教会で交換した組紐のブレスレットを身につけているのを確かめてから、わたしは部屋を出てエントランスへ向かった。

「ハロルド様、わざわざお迎えに来てくださりありがとうございます」

「婚約者を迎えに来るのは当然のことだろう？　それに今回の件を言い出したのは俺のほうだしな」

黒のオーバーフロックコートを身にまとったハロルド様は、優しくわたしの手の甲にキスを落とすと、そのまま手を引いて馬車へ逆戻りする。

彼にしては性急な足取りに戸惑い、視線を向けると、困ったような笑みが返ってきた。

「急《せ》かしてすまない……しかし、今ここに長居しないほうがいい気がしてな」

多分、エリアーナが来たら面倒なことになるのを予想しているのだろう。そうでなくても、エリアーナはなにかと理由を見つけては、わたしやハロルド様と一緒に過ごそうとする傾向がある。

エリアーナもハロルド様の訪れに気がついているだろうから、たしかにここへ来る前に出てしまったほうがいい。

御者にもすぐに出ることを伝えてあったのか、わたしたちが乗り込んで扉を閉めると、馬車は合図をしていないにもかかわらず、王宮に向かって走り出す。

しばらくして、馬車が屋敷の門をくぐる頃、わたしは気になっていたことを確認すべく口を開いた。

「あの、ハロルド様」

「ん？　どうした」

「先日おっしゃっていた……講師の件でわたしの負担を減らすというのは、一体どうなさるおつもりなんですか？」

「そのことか。マリが心配に思うほどたいしたことではないんだが……」

ハロルド様は眉尻を下げて微笑むと、ゆっくりと話し出した。

「今回の件は、いわば王家の都合による無茶振りだろう？　それに応じてやるからには、『講師以外』の仕事をわざわざやってやる必要はない」

要するに、エリアーナを『教える』以外の雑務を、他の者にやらせようということらしい。

たしかに、わたしが王太子妃教育を受けていた際も、講師の方々は多忙を極めていた。

わたしへの授業はもちろんのこと、先々の講義内容を王妃様へ確認していただくための詳細な計画書の作成、それに各国の情勢や流行を組み込んだ課題の作成、月に一度行う試験問題の考案、成績報告書の作成など、挙げはじめればきりがない。

「学者たちなら、研究計画書提出や学生たちへの講義でそういうことへの対応も慣れているだろうが、マリはそうじゃないだろう？」

「はい……セントーニ先生から教えていただいた知識はありますが、そういう細かいところに関しては、まったくわかりません」

「どうやら、義姉上《あねうえ》もその件に関してはお考えが及んでいない様子だからな、諸々が始まってから慌てる前に、マリに助手をつけることを提案する……それと、マリの講師就任期間は、あくまでセントーニ博士が戻るまでの短期間でと願うつもりだ」

「そうしていただけるとわたしも嬉しいですが……でも、いいのでしょうか……？」

「なにがだ？」

「セントーニ先生はお忙しい方なのに……なんだか面倒事を押しつけてしまっているような気がして……」

「それは気にしなくていい。その分セントーニの仕事を俺のほうでできる限り請《う》け負《お》うことにする。そうなれば、彼もしばらく自国で過ごせるし、普段の仕事からも解放されるのだから、どちらにとっても悪くない話だ。メイトリアに行っているセントーニにも、すでにその旨の手紙は送ってあるから、じきに返事がくるだろう。それに……」

ハロルド様はそこで言葉を切ると、わたしの手を取り、優しく指先を絡めて口づけた。

「せっかくこうして想いが通じ合ったのに、マリとともに過ごす時間が減るのは困るからな」

「っ！」

するりと手の甲を撫《な》でた指先が、そのまま手首まで滑って赤い組紐に触れる。

そのこそばゆい感触にドキリとしながら、言葉よりも雄弁に想いを告げてくるエメラルドグリーンの瞳に、わたしは痛いくらいに胸が高鳴るのを感じていた。


「王妃様は、温室でお待ちです」

そう言われてわたしたちが通されたのは、王宮の奥まった場所にある王族専用の温室庭園だった。

ガラス張りの美しい建物の中は、すでに肌寒い晩秋の風などものともせず、まるで常春かのようにぽかぽかと温かい。そこに咲き乱れる花々も、外の季節など素知らぬ顔で、可憐な花びらを広げている。

そんな楽園のような庭園の最奥。ソファやクッションなどを置いて、寛《くつろ》げるようにしつらえられたスペースに王妃様はいた。

「ハロルド様、それにマリ、わざわざ足を運ばせて悪かったわね」

ゆったりと微笑む王妃様に、わたしとハロルド様は並んで頭を下げる。

「こちらこそ、お忙しいのにお時間を割《さ》いていただいて申し訳ありません。王妃様」

「あらあら、私的な集まりなのだから堅苦しいのはやめてちょうだい。ここにはわたしの気心の知れた者しかいないのだから、楽にして」

その言葉が合図だったかのように、侍従たちが椅子を引き、侍女たちがお茶を運んでくる。

促されるままに席について、お茶をひとくち飲んだところで、王妃様がのんびりとした口調で話を切り出した。

「それで、今日ふたりが話したいことと言うのは、マリの講師就任の件でよかったかしら？」

「はい、義姉上《あねうえ》」

「えぇと……ハロルド様からの手紙では、今回のわたしのお願いをあまり好意的には受け取ってくれていないようだけれど……」

王妃様はこてんと首をかしげ、頬に手を当てると、困ったように微笑んだ。

「ハロルド様も知っているでしょう？　今回の件は陛下もおっしゃった通り急ぎのことなのよ。もちろんあなたたちの間にあったことは承知しているし、申し訳ないとは今でも思っているけれど、今はどうしてもマリの協力が必要なの。それだけは理解してくれると嬉しいわ」

「ええ、もちろん私もマリも理解はしています。ですが、今回の件は王室の規則を無視した形で事が進められる。そのせいでマリが批判を受けるようなことになるのは避けたいのです。……これは、義姉上《あねうえ》の今後のためにも大事なことでしょう？」

「……ええ、そうね。貴方の言う通りだわ」

〝全ては、王室の厳格な規則通りに。

ほかの誰にも文句など言われないように。

王太子妃として、一分《いちぶ》の隙もないように〟

それが王太子妃教育の基本理念だ。けれど今回はその基本理念を無視して全てが進もうとしている。

（一歩間違えれば、エリアーナやわたしだけでなく、王妃様まで批判の的になりかねない）

だからこそ、とハロルド様は淡々とした調子で言葉を続ける。

「今回は王家が容認した特例であるということを全貴族に報《しら》せた上で、マリに助手をつけていただきたい」

「そうね……陛下にご相談して、できる限りあなたたちの希望に添えるようにします。助手の件も、早急に適任者を探しましょう」

「講義が始まれば、マリはきっとエリアーナ嬢につきっきりになるでしょうから、講義以外の業務を任せられる者をお願いします」

「わかったわ」

「それと、マリの講師就任期間に関しては、あくまでセントーニ博士がメイトリアから戻るまでの間としていただきたい」

ここで初めて、王妃様はかすかに眉間に皺《しわ》を寄せた。

「それは……セントーニ博士のご意見も伺わないとなんとも言えないことじゃないかしら？」

「勝手なこととは思いましたが、彼とはもう話が済んでいます。戻り次第、彼の業務をわたしが肩代わりするのを条件に、講師を引き受けてくださるとのことです」

「……そう、たしかに彼ならマリの講師をした経験もあるし、反対する者もほとんどいないでしょうね」

少し思案したあと、王妃様は小さくうなずいた。講師の途中交代など、異例に異例を重ねる話だけれど、今回の件はそもそも始まりが普通ではないのだ。今さらひとつふたつ増えたくらいで批判の大きさはたいして変わらないだろう。

（すごく、トントン拍子だわ……）

ハロルド様の言葉になんの抵抗もなくうなずく王妃様の姿に、拍子抜けしてしまう。

ここに来てから今まで、わたしが口を挟む隙なんてほとんどなく、どんどんこちらの負担が減る方向で話が進んでいく。

（やっぱり、ハロルド様がお相手だからなのかしら……）

きっと王妃様と話しているのがわたしだったら、こんなにスムーズにはいかなかった。『考えてみるわ』と言ってくださることはあっても、ここまで明確に答えてくださることはなかっただろう。

「マリから、講師をするにあたって他になにか希望はあるか？」

「わたしの希望、ですか……？」

（そういえば、この前お会いしたときに考えておくようにとハロルド様に言われたのだったわ……）

今になってそのことを思い出し、慌てて考えを巡らせる。

「それなら……必須外国語の、トーリア語とフルデンス語、それにハリア語を話せる方を、講義に参加させていただけますでしょうか」

王太子妃は、自国言語を含めて最低四カ国語を自在に操れなければならない。

外交における基本的な決まりとして『訪問したほうが、訪れた国の言語を話す』というものがあるからだ。

もちろん通訳も存在してはいるけれど、通訳を介しての会話が許されるのは中級官僚までで、高級官僚と王族に関しては自身で話すことが最低限のマナーになっている。

「言語習得における一番の近道は話すことです。エリアーナの場合、わたしのように時間があるわけではありませんので、クラリンス家の屋敷でも常に話せる者をそばに置いておきたいのです」

そう告げたわたしに、王妃様はなにかを思い出したように手を叩く。

「そうだわ！　すっかり忘れていたのだけれど、講義開始後のエリアーナ嬢とマリーアンネの住居に関して、ふたりに話さなければならないことがあるのだった」

「マリの住居とは、一体なんのことです……？」

突然の話題転換に戸惑いを隠しきれず、わたしとハロルド様は顔を見合わせる。そんなわたしたちに、王妃様は花が綻《ほころ》ぶように微笑んで、その桜色の唇を開いた。

「これまでに話した通り、エリアーナ嬢の教育が急務だということはふたりもわかってくれたわよね」

「……はい」

「まあ、そうですね」

なんだか嫌な予感がして、わたしたちはぎこちなく返事をする。そんなこちらの様子など気にも留めず、まるで内緒話を打ち明ける子供のように、楽しそうな様子で王妃様は言った。

「王太子妃教育が始まったら、マリーアンネとエリアーナ嬢には王宮に住んでもらうことになったのよ」

予想もしていなかったその言葉に、わたしもハロルド様も、ただ目を見張ることしかできなかった。

「お嬢様、お目覚めになってください。今朝はいつもより早く公爵様がお迎えにいらっしゃるのでしょう？」

「ん……そうだったわ……」

ルリカに肩を揺すられて、わたしは眠い目を擦《こす》りながら身体を起こす。目の前に広がる自室とは違う光景になんだか不思議な気分になりながら、温かなベッドからなんとか抜け出すと、ルリカがすかさずモーニングティーをサイドテーブルに置いた。

「こちらの茶葉は、昨日王妃様からいただいたものです。ミントが入っているので、朝の目覚めにはちょうどいいそうですよ」

「本当ね……とてもスッキリした香りがするわ」

清涼感のある香りのお茶で眠気を覚ましながら、わたしは火が灯された暖炉の前へ移動した。

秋も終盤に差しかかってきたからか、庭園の木々はすっかり葉を落とし、朝晩は気温がぐんと下がって冷え込むことが増えた。それでも王宮の庭園では、この時期に咲く花々が窓から見える景色を彩ってくれていた。

（……まさか、こんな形で王宮の庭園を眺めることになるとは思わなかったわ）

エリアーナの講師となるべく、険しい表情のハロルド様の手を借りて王宮に居を移したのは昨日のことだ。

（結局、ハロルド様は最後まで反対されていたものね……）

納得できないと言わんばかりの厳しい表情を思い出して苦笑しながら、二週間前——王妃様と会った日のことを思い返す。

「義姉上《あねうえ》、マリを王宮に住まわせるというのは……一体どういうことですか？」

一気に声音を硬くしたハロルド様が、眉根を寄せて王妃様を見た。けれど、王妃様はそんなハロルド様の変化など意に介さず、ふわりと柔らかい笑みを浮かべたまま、ハロルド様を見つめ返した。

「どういうこともなにも、言葉通りの意味よ。基本的に王太子妃教育に関わる学者たちが、王宮内の専用宿舎に寝泊まりするのは、ふたりも知っているでしょう？」

「はい……たしか、部外者からの干渉を避けるためにそうしているのですよね？」

「そう、マリーアンネの言う通りよ」

王太子妃教育に携《たずさ》わる者は、必然的に王族との関わりが深くなる。その縁を狙って、講師たちを買収したりする者が出ないよう、講師たちは王太子妃教育を手がけている間、特別な理由がない限り、王宮の所定の場所から出ることが許されない。これは、王太子教育に携《たずさ》わる講師陣に対するものと同様の処遇だった。

「しかし、マリは侯爵令嬢です。普通の講師陣とはわけが違う……講師用の宿舎が警備の厳重な場所であることは知っていますが、私は反対です。そもそも、彼女が王宮に滞在する必要はないはずだ」

（ハロルド様……）

侯爵令嬢で、メイヤー公爵の婚約者。自分で言うのもなんだが、それなりに高い身分に属しているわたしを、買収しようとする者がいるとは思えない。それになんと言っても、今回は『特例』なのだ。だから処遇に関しても特例が適用されるべきだとハロルド様は言いたいのだろう。

明確に反対の意を告げるハロルド様に、王妃様は困ったというように頬に手を当て、軽く首をかしげた。

「滞在する必要性については、警護のためと移動時間の有効活用のためと言えばわかってもらえるかしら？　最初にも話した通り、今回の件は反対している者も少なくないわ。だから、マリの身柄の安全のためにも、王宮にいてほしいの。それに滞在場所については、ここ……王妃宮の一室を使ってもらうようにするわ。講師用の宿舎に泊めるなんてことはしないから安心して」

これでどうかしら、と眉尻を下げて微笑む王妃様に、ハロルド様は苦々しげな表情で一度大きく息を吐いた。どうあがいても、この提案からは逃れられないことを感じたのだろう、憮然《ぶぜん》とした様子でこちらを見た。

「マリは……それでも構わないか？」

「そうですね……できれば、侯爵邸からの通いがよかったのですけれど……」

「ダメよ。もし万が一マリになにかあったりしたら、それこそハロルド様にも陛下にも申し訳がたたないもの」

「わ、わかりました……」

柔らかい声音だけれど、きっぱりとした口調で言い切られて、わたしはうなずくことしかできなかった。

あの日から昨日まで、ハロルド様はどうにも納得しがたいという様子でわたしの引っ越し準備を手伝ってくれた。最終的になぜか『できる限り、ハロルド様の執務室でお茶をする時間を取る』という約束を取りつけると、ようやく少し納得した様子を見せてくれたのだった。

「お嬢様、今日は講義を手伝ってくださる方と打ち合わせをなさるんですよね？」

「ええ、ご挨拶と講義内容の相談をする予定なの。エリアーナの講義が本格的に始まるのは四日後だから、その前にいろいろと準備しておかないとならないし」

「では、ドレスは身動きが取りやすいものにしたほうがよろしいですね。髪型も邪魔にならないように、後ろでひとつにまとめましょうか」

「そうね、そうしてくれると嬉しいわ」

お茶を飲み終えたカップをサイドテーブルに置いて、わたしは早速ルリカの手を借り朝の身支度を済ませる。シンプルなドレスに身を包み、簡単に髪を結い上げてもらう。鏡に映るその姿に、わたし自身はとても満足したのだけれど、ルリカが不満そうに唸《うな》り声を上げた。

「うーん……お嬢様、今日は今から公爵様とお過ごしになるんですよね？　そのあと、そのまま打ち合わせをなさる」

「ええ、そうよ」

うなずくわたしに、ルリカはさらに悩ましげな表情で唸《うな》った。

「ルリカ、どうしたの？　どこか変かしら？」

「そんな、お嬢様が変なはずありません！　ただ、こう……公爵様にお会いするなら、お嬢様を飾り立てたいという、私の欲がですね……」

ルリカはそのあともしばし唸《うな》り声を上げ、結い上げた髪に髪飾りをひとつ挿すと、渋々といった様子で、迎えに来たハロルド様にわたしを預けたのだった。


「そういえば、助手になる者が誰なのかマリはもう聞いているのか？」

場所を執務室に移し、軽食と紅茶に舌鼓を打つわたしに、ハロルド様はそう尋ねた。

「いえ、それがどうやら選考に手間取ってしまったらしくて……今日このあと、初めてお会いするんです。王妃様が気を遣ってくださって、女性の方を探してくださったのだけは知っているのですけれど……」

「女性の学者か……それは手間取っただろうな」

ハロルド様は眉尻を下げつつ微笑むと、持っていたカップを置いた。

「エルディニアには、まだまだ女性学者が少ない……ハークと比べると雲泥の差だ」

「でも、最近は上級学舎に進む方も増えてきたそうですよ。それもこれも、陛下やハロルド様が、法を一新するために身を粉《こ》にしてくださったおかげです」

「そうだといいんだが……」

現国王陛下が王位に立たれる前まで、このエルディニアには、『女性が修学できるのは、中級学舎まで』という法が存在していた。だから女性はどんなに優秀でも、上級学舎に進むことができず、中級学舎卒業後は家の手伝いに励《はげ》むか、結婚をするかしか選べなかった。それは『女性は家を管理し、夫を助けるもの』という考えがあったからだ。そこには『初代国王サルバトールの妻は、内助の功で夫を支えた賢妃である』という神話の一節が関係している。

女性たちは幼い頃から、賢妃のように夫を支えることを求められてきたのだ。

(でも、多くの国々との交流を重ねるようになって、人々の考えは変わってきた)

それでも、変化を嫌う上級貴族たちはこれまで有り様を変えるのにひどく難色を示したという。けれどそんな彼らを、陛下と王妃様、そしてハロルド様が説き伏せ、女性にも学びの機会が与えられるようになった。

しかし、考えが変わって、法が変わっても、状況というのは一朝一夕に変化するものではない。昔からの因習や人々の目というのは強固な鎖となって、今でも女性たちの学ぶ意欲に二の足を踏ませている。

「この先、先駆者となる女性たちが地位を築き上げれば、きっと今よりも女性の学者は増えるはずです。そうなるように、わたしたちが陛下をお助けしましょう……一緒に」

「ああ、そうだな」

これからもこの先も、ハロルド様と一緒ならきっとどんなことも頑張れる。そう感じながら、テーブル越しに手を重ねると、交換し合ったブレスレットの赤が重なった。鮮やかなその色は、幸せな気持ちとともに安心感をわたしに与えてくれる。今自分は、彼と同じ気持ちで前を向いているんだと教えてくれるから。

「とにかく、この先長い付き合いになるだろうから、マリが気兼ねしない相手であることを願うよ。もしなにか困ったことがあれば言ってくれ。すぐに対応するから」

約束だと言うように、ハロルド様はわたしの手の甲に口づけを落とす。その仕草にすっかり慣れはじめている自分に驚きながら、わたしは愛おしさを込めてうなずいた。

「ありがとうございます、ハロルド様」

「俺がしてやれることはこれくらいしかないからな……遠慮はなしだぞ」

「はい」

ハロルド様の気遣いが嬉しくて、自然と頬が綻《ほころ》ぶ。

彼がいるから、今回の講師の件もこんなに前向きに考えられているのだ。そうでなければ、きっと憂鬱《ゆううつ》な気分で講義当日を迎えていたことだろう。

(本当に……ハロルド様には感謝しなくてはね。そうだわ、このことが済んだら、わたしからハロルド様をお出かけにお誘いしてみましょう。どこか景色の綺麗な場所で、一日一緒にゆっくり過ごせるように……)

エリアーナの講義が日程通りに進み、セントーニ博士が期日通りにエルディニアに戻ってきさえすれば、遅くとも雪が深くなる前にはお役目を終えることができるだろう。

(そしたら、一緒に雪景色を楽しむのもきっと素敵ね……それに、新年のパーティーもご一緒できるといいのだけれど……）

ハロルド様と一緒に過ごす日々を想像して、自然と心が浮き立つ。

たとえ、お出かけができなくても、雪景色を一緒に見られなくても、きっと彼さえ隣にいてくれるなら、結局わたしは幸せなのだろう。そう思うとなんだかおかしくて、思わず笑ってしまう。

「マリ？　なんだか楽しそうだが、なにを考えてるんだ？」

「ふふ、内緒です……でもきっとあとでお教えします。今回のことが全部終わったら」

「なら、マリの役目が早く終わるように、セントーニの帰国を急がせるか」

「まあ、そんなことをしてはセントーニ博士に怒られてしまいますよ」

「気にしないさ……彼の愚痴を聞くのはいつものことだからな」

そう言って、ハロルド様が軽やかに微笑む姿に、わたしはまた笑った。

少しだけ開けていた窓から、秋の冷たい風が吹き込んできて、わたしたちの間を通り抜けていく。けれど、その冷たさも気にならないくらい、晩秋の日差しは暖かくて、ハロルド様との時間は穏やかだ。

だから、わたしは気がつかなかったのかもしれない。

これが、これから始まる嵐の前の静けさであるということに――

第二章

　ハロルド様との朝のお茶会を終え、わたしは王宮本宮にある図書室へ場所を移して、講師の手伝いをしてくださる女性学者の方との顔合わせに臨《のぞ》んでいた。

（どんな方かしら……環境に負けず学者の道に進んだ方だもの、きっと優秀で志《こころざし》も高い方よね）

　緊張でソワソワするのを感じながら、わたしはじっと相手の訪れを待つ。

　しばらくすると、控えめな足音がこちらへ近づいてきた。

　間近に迫ったその音に顔を上げると、艶《つや》やかな黒曜石を思わせる瞳と目が合った。

「失礼いたします。マリーアンネ・クラリンス様でお間違いないでしょうか？」

「ええ、そうです」

「初めまして、お嬢様。この度、王妃様からのご命を受けお嬢様の講師助手のお役目を承りました、アイズ・モーリアと申します」

　丁寧に頭を下げる彼女――アイズ・モーリア様は、編み込まれた綺麗な黒髪と、親しみやすさを感じる垂れ気味の目が印象的な、愛らしい女性だった。

（思っていたよりも、ずっとお若い方だったのね……）

　年の頃は、わたしとハロルド様のちょうど中間辺りという感じだろうか。

知る限り、現在学士の地位にいる女性は、わたしよりもそれなりに上の年齢の方が多かったはずだ。けれど、そもそも女性学士全員をきちんと把握しているわけではないのだから、断言はできない。もしかすると、王妃様のほうでかなり気を遣って、なるべく年齢が近い方を探してくださったのかもしれない。

「あの……お嬢様？　どうかなさいましたか？」

思わず考え込んでしまったせいか、モーリア様が不安そうにこちらを見た。

「失礼しました。モーリア様がとてもお若かったので、驚いてしまって。わたしはマリーアンネ・クラリンスと申します。未熟者ではありますが、どうぞよろしくお願いいたします」

「いえっ……こちらこそ、その……未熟者でして、お嬢様のお役に立てるよう力を尽くしますので、よろしくお願いいたします……！」

頭を下げるわたしに、モーリア様は慌てたようにそう言ってさらに深く頭を下げた。肩に力が入りきっている様子を見るに、かなり緊張しているのだろう。とにかく落ち着いてほしくて、椅子を勧め、近くに控えていた侍女にお茶の用意をお願いする。その間じゅう、モーリア様はどこか呆けたような、けれど期待に満ちたような眼差しでこちらを見ていた。

「あの……わたし、どこかおかしいでしょうか？」

お茶をふたくちほど飲んだところで、その眼差しに耐えられなくなったわたしは、思わず苦笑しながら口を開く。モーリア様はハッと我に返ると、ボンッと音がしそうなほど一気に、頬を赤く染めた。

「あ、あの……実は、お嬢様のお噂は留学先でも度々耳にしておりまして……」

「まあ、留学していらっしゃったんですか？」

「はい。ありがたいことに、王妃様からご推薦をいただいて、先日までメイトリアにおりました」

「王族からの推薦枠を得たということは、モーリア様は本当にとても優秀なのですね」

留学自体は比較的簡単にできるものだけれど、王族推薦となると話が変わってくる。

王族に推薦を受けるということは、留学にかかる費用を国に負担してもらえるということだ。だから、優秀かつ品行方正な者でなければ選ばれない。

「わたしなどより、モーリア様に妹の講師をしていただいたほうがいいかもしれませんね」

「いえそんな、とんでもない！　お嬢様の代わりなど、わたしには務まりません！」

勢いよく首を横に振ると、モーリア様はどこかもじもじした様子で切り出した。

「あの……お嬢様は、わたしの憧れなのです」

「憧れ、ですか……？」

あまりに唐突な言葉に思わずポカンとするわたしに、彼女は少し興奮気味に話し出す。

「はい！　お嬢様はお美しいし、博識で……王太子殿下のご婚約者だったときも、公爵閣下のご婚約者になった今も、凛としていらっしゃって、その、本当に素敵で、わたしもお嬢様になりたいと思って……って、わたし喋りすぎですよね？　あわわ……お恥ずかしい……」

頬を真っ赤に染めたまま、モーリア様はしゅんと肩を落とす。その姿がなんだか可愛らしくて、わたしは一気に肩の力が抜けるのを感じた。

「そんなに緊張なさらないでください。これからしばらくの間ご一緒するのですから、親しく接してくださると嬉しいです。どうぞわたしのことは、マリとお呼びください」

「マ、マリお嬢様……。わ、わたしのことはアイズでもモーリアでも、お好きに呼んでいただければ……」

「ふふ、ではアイズ先生とお呼びしても？」

「そんな！　先生なんて恐れ多いです！」

モーリア様、もといアイズ先生は、とんでもないとばかりにぶんぶんと首を横に振る。けれどこの部分に関して、わたしも引く気はなかった。

「わたしの至らない部分を引き受け、教えてくださるのですから、先生と呼ぶのがふさわしいと思います。ですからどうか断らないでください」

「わ、わかりました……」

恐縮した様子ながら、アイズ先生はうなずいてくれた。その姿に何度目かの笑みをこぼしながら、本題に入るべく、わたしは手に持っていたカップをテーブルに置く。

「早速ですが、エリアーナの学習予定について……王妃様からお話はお聞きになっておられますか？」

「はい、もちろんです」

アイズ先生はキリッと表情を引き締めると、足元にあった鞄から数冊に分けられた書類の束を取り出して、目の前の大机に置いた。それぞれ表紙には『王太子妃教育計画書』、『事前試験および中間試験結果』、と書かれている。

「まずは、こちらをご覧ください。エリアーナ様の事前試験の結果なのですが……」

丁寧な手つきで表紙を開き、アイズ先生はわずかに沈んだような表情になる。その理由は明らかで、エリアーナの事前試験の結果は散々なものだった。

「主要三カ国の言語だけの試験だったのですが……なんというか、その……」

「そもそもやる気がなかったのでしょう」

今までのエリアーナの行いを見ていればわかる。基本的に自分の興味がないことに関しては、恐ろしくやる気がないのだ。

(でも、今回はそうはいかないわ)

嫌でもやってもらわなければならない。これには国の未来がかかっているのだから。

「わたしが知る限り、ハリア語は日常会話程度には習得しているはずです。それに他のふたつの言語についても、会話についてては筆記ほど散々ではないと思います」

「そうなのですね……それをお聞きして、ひとまず安心いたしました。それでは、エリアーナ様の本来の実力を加味して計画を立て直させていただきたいのですが……」

「ええ、もちろんです。そのための時間ですから。早速始めましょうか」

試験結果と実際のエリアーナの実力の違いに、アイズ先生の作ってくださった学習計画は大幅変更を余儀なくされた。夕食前に終わるはずだった顔合わせは、想像以上に長引き、わたしたちは結局ルリカが心配して様子を見に来るまで話し合いを続けたのだった。

アイズ先生と対面を果たしてから数日。

とうとう、エリアーナに初めて講義を行う日がやってきた。

「妹君への講義は、今日の昼過ぎからだったか」

「はい」

ここに来て日課になったハロルド様との朝の時間を楽しみながら、わたしはしっかりとうなずいてみせる。準備は万全だから安心してほしいという思いを込めて。けれどそんな思いとは裏腹に、ハロルド様は心配そうに眉根を寄せた。

「ここ数日、準備に追われていたようだが体調は大丈夫か？　マリが遅くまで寝室に戻らないと、ルリカから聞いたが……」

（ルリカったら、いつの間に……）

後ろに控えるルリカにチラリと視線を向けるけれど、彼女は悪びれる様子もなくニコリと微笑んだ。きっとこの数日間、睡眠時間を削ったことを怒っているのだろう。しかもそれがエリアーナの講義のことならいざ知らず、実際はアイズ先生の恋愛話が半分を占めていたのだ。何度も『お休みになられる時間です』と声をかけるはめになったルリカが怒るのは当然かもしれない。

（でも、今までこんな話をできる相手がいなかったから……）

会って何日目かの休憩時間に、ふと始まった恋の話。それは、わたしとアイズ先生の距離を一気に縮めた。

彼女には想い人がいるらしいのだけれど、その人には政略的に決められた婚約者がいるらしい。

そんな彼女の境遇が、なんだか少し前の自分と重なって、話だけでも聞いてほしいという彼女のお願いを断ることができなかった。

「助手の先生と、少し話に花が咲いてしまって……ご心配おかけして申し訳ございません」

「いや、問題ないならいいんだが……」

そこで言葉を切ると、ハロルド様はそっと手を伸ばし、わたしの目元に触れた。

「目が赤くなるほどの夜更かしは感心しないな。言い出したのは俺だが、もし朝起きるのが辛いなら、無理してお茶の時間を作らなくてもいいんだぞ？　なによりマリの体調が第一なのだから」

「ハロルド様……」

（わたしったら……ここへは遊びに来たわけではないのに、アイズ先生と話したいばかりに周りに心配をかけてしまうなんて……）

柔らかく笑うハロルド様の表情に、罪悪感にも似た思いが胸をチクリと刺す。今さらながらに、ハロルド様にもルリカにも申し訳なくて、わたしは頭を下げた。

「本当に大丈夫です。今後は気をつけるようにいたします……だから、朝のお茶には来てもよろしいですか？」

「もちろん、来てくれるなら俺は嬉しいよ。同じ王宮内にいても、王妃宮はこの執務室からなかなかに距離があって、頻繁に足を運ぶには時間がかかるからな」

こんなことなら、本宮で王妃教育をするように言えばよかったと呟くハロルド様の様子がおかしくて、思わず笑ってしまう。

「でも、時間が空いたら様子を見に行くようにするよ。マリの助手殿にも、ご挨拶をしたいからな……マリも、なにかあれば、いや、なにもなくても連絡を寄越してくれていいからな」

「でも、それではご迷惑になるのでは？」

そんなわたしの問いかけに答えたのは、ハロルド様のカップに新しいお茶を注いでいたバルドだった。

「マリーアンネお嬢様、それは逆でございますよ」

「逆？」

「旦那様は、お嬢様からご連絡がくるのを待っておられるのです。それはもう、首を長くして……目の前の書類の処理すらも手につかなくなるほどに」

「……うっ」

ハロルド様はばつが悪そうにバルドから視線を逸《そ》らすと、かすかに頬を染め、ひとつ咳払いをして、仕切り直すように口を開く。

「とにかく、マリが報《しら》せをくれると皆が助かるということだ……だから些細《ささい》なことでも連絡をくれると嬉しい」

「ふふ、わかりました。休憩時間に連絡をするようにいたしますね」

「そうしていただけると、私も助かります」

ほっとしたように言うバルドと、たじたじの様子のハロルド様。そんなふたりの姿に、ふっと肩の力が抜ける。

この穏やかな朝の時間をなにより愛おしく思いながら、わたしは初講義の準備へ向かうべく、ハロルド様の執務室をあとにしたのだった。


エリアーナの講義室は、王妃宮内の一番日当たりのいい場所に用意されていた。

「お姉さま、なんだかとっても久しぶりだわ！　会えて嬉しい」

午前中も講義を受けていたはずだが、その疲れを微塵《みじん》も見せることなく、エリアーナは講義室に入ったわたしを見て満面の笑みを浮かべた。

「わたし、お姉さまの講義を受けるのとっても楽しみにしていたのよ！　早く始めましょう？」

思ったよりも前のめりな姿勢のエリアーナに、わたしはアイズ先生と驚きの視線を交わし合う。

（事前に聞いていたよりも、やる気はあるみたいだけど……）

「ねえ、お姉さまなにしてるの？　講義を始めるのでしょう？」

「……え、えぇ、そうね。始めましょうか」

（もしかしたら、本気で勉強に取り組む気になったのかもしれないわね）

事前試験の時点ではやる気がなかったのかもしれないけれど、他の講義を受けるうちに、いろいろと思うところがあったのかもしれない。

（まあ、この子の性格上、途中で嫌になって投げ出してしまうこともあるかもしれないけれど……どのみち、セントーニ博士が戻っていらっしゃれば……あの方からは、逃げられないものね）

容赦のない厳しい講義をする方だ。どんなにエリアーナが騒ごうが喚《わめ》こうが、きっとセントーニ博士は眉ひとつ動かすことなく、講義をすることだろう。

なにはともあれ、とにかく今はなぜかやる気に満ちているのだから、それでいいだろう。

そう考えると、さっきまで抱えていた不安が少しだけ軽くなる気がして、わたしは気を取り直して、初めての講義を開始した。

正式にエリアーナの講義が始まって数日。

緊張と不安を抱えて挑んだ講義は、拍子抜けするほど――とは行かないまでも、思いのほかスムーズに進んだ。それはとてもいいことだったのだけれど……

「ねえ、お姉さま……ここの言い回しなのだけれど、もっと丁寧にしたほうがいいのかしら？」

「エリアーナ、外国語の時間はもう終わったのよ。次はロルディ先生の経済学の講義に行く時間でしょう」

「そうね。でもね、どうしても気になってしまって……このままじゃ、ロルディ先生のお話が頭に入ってこないの」

「なら、空き時間にでも見てあげるから……とにかく今はロルディ先生のところへ行きなさい」

「本当？　本当に休憩時間に見に来てくれる？」

「ええ」

「ふふ、わかったわ！　じゃあ、ロルディ先生のところに行ってくるわね！　お姉さま、約束よ！」

念を押すように言うと、エリアーナは楽しげに講義室へ向かっていく。

（これは、予想外に……いいこと、なのでしょうけれど……）

そう、エリアーナが前向きに講義に向き合うことはいいことなのだ。わたしにとっても、他の講師陣にとっても。けれど、問題なのはエリアーナが熱心すぎることだった。

最初の予想を覆《くつがえ》し、意外にも全ての講義を比較的真面目に受けているエリアーナだったけれど、わたしが担当している外国語と外交術においては、すぎるほどの熱量で向き合っていた。休憩時間も返上で相手をしているせいで、わたしはここ数日ハロルド様にお会いする時間を取れていない。それどころか、まともに休憩すらできない状態だった。

（今日こそは、お昼にでも会いに行けると思ったのだけど……難しそうね）

また、謝りの手紙を書かなければならないと思いつつ、今だけだと自分に言い聞かせる。寂しさも恋しさも全部呑み込んで、講義の準備室としてあてがわれた部屋へ向かった。

（早く、セントーニ博士がお帰りくださればいいのだけれど……）

そんな自分の甘えた考えに思わず苦笑しながら部屋の戸を開けると、聞こえてきたのは聞きたくてたまらなかった人の声と、楽しげな女性の声。

「まあ、では閣下はあのときのことを本当に覚えていらっしゃらないのですか？」

「すまないな……あまりに昔のことで、貴女《あなた》のことは覚えているが、細かいことまではあまり……」

「ふふっ、お気になさらないでください。本当にひとときのことだったのですもの、仕方ありませんわ」

（ハロルド様と……アイズ先生……？）

会話が途切れるのを待っていたかのように、扉が軋《きし》んだ音を立てる。それはとても小さな音だったけれど、いやに部屋に響いて——ふたりの視線を惹《ひ》きつけるには十分だった。

「マリお嬢様、お戻りになられたのですね！　メイヤー公爵閣下が、お嬢様にお会いになられたいといらっしゃって……」

「モーリアア嬢が先に戻られたので、ともにマリの戻りを待っていたんだ」

「そう、だったのですね」

「講義で疲れただろう？　こっちへおいで。俺も少し時間が空いたから、久しぶりに一緒にお茶をしよう」

「はい」

（どうしてかしら、せっかくハロルド様がいらしてくださったのに……）

久々に会えて嬉しいのに、どこか胸にもやがかかった感じがして素直に喜べない。

「マリ、どうかしたのか……？」

「あ、いいえ……久々にハロルド様にお会いできたので、驚いてしまって……」

「だとしたら、こうして会いに来て正解だったな。驚くくらい会えていないなんて、俺にとっては大問題だ」

伸ばされたハロルド様の手を取って、アイズ先生と入れ替わるように最愛の人の向かいの席に腰を下ろす。

「ようやく、マリの顔が見られた」

そのエメラルドグリーンの瞳にわたしを映すと、ハロルド様はほっとしたように呟いた。

「講義は順調すぎるほどに順調に進んでいると聞いてはいるが……疲れてはいないか？」

眉尻を下げて微笑むハロルド様に、わたしも同じく眉尻を下げてうなずく。日々、会うことはできなくても、細々とした手紙でのやりとりを欠かさずにいたおかげで、ハロルド様と現状を共有できていた。

「ええ、大丈夫です。アイズ先生も手助けしてくださっていますから」

そう答えてアイズ先生に視線を向けると、ハロルド様は思い出したように口を開いた。

「そういえば、君の助手はモーリア嬢だったのだな。誰に決まったか聞いていなかったから、ここに来て驚いた」

「アイズ先生とハロルド様は、お知り合いなのですか？」

「ああ、幼い頃に彼女の兄……今のモーリア伯爵と、一緒に遊んだことがあるんだ。その際に、モーリア嬢にも何度か会ったことがあってな」

「まあ、そうだったのですね」

「ふふっ、覚えていてくださって光栄です」

貴族の子弟が、王族の遊び相手として王宮に出向くことはよくあることだ。その兄弟が、一緒に遊び相手になることだって珍しいことではない。むしろ、様々な貴族と縁を結んでおくのには重要なことだと推奨されている。

クロード殿下だって、幼い頃は他家の子弟たちと一緒に遊んでいたし、気にするほどのことではないはずなのだけど……

（わたし、どうしてこんな気持ちになるのかしら……）

初めて感じる気持ちに困惑しながら、こちらを見つめるエメラルドグリーンの瞳を真っ直ぐに見つめ返すことができずにいた。

ハロルド様との短いお茶会を終えて、わたしはエリアーナと約束した通り、一緒に昼食休憩を過ごしていた。

「――それでね、ハーク王国の場合、親交の浅い王族向けの手紙は、もっと硬い言い回しのほうがいいって、スコーディウス先生が……って、お姉さま聞いてる？」

「……え？」

ハッとして顔を上げると、怪訝《けげん》そうな表情でこちらを覗き込むエリアーナと目が合った。

「お姉さま、大丈夫？　なんだか顔色が悪いけど……」

「ええ、大丈夫よ……」

余計な騒ぎを起こしたくなくて、できるだけ普段通りに微笑んで見せる。

王宮で一緒に過ごすようになってからのエリアーナは、なぜだかわたしの異変に目ざとく気がつくようになって、少しでも様子がおかしいと感じると騒ぐようになってしまった。

（心配をしてくれているってことなのだろうけれど……）

エリアーナの考えがよくわからなくて、余計に警戒してしまう。もかしたらこれを機に、純粋に姉妹の仲を修復しようと思ってくれているのかもしれない。けれど、エリアーナの考えが読めない以上、なにかしらの確信が得られるまでは、警戒したまま過ごしたほうがいいだろう。

ひっそりとため息をこぼしていると、エリアーナが思い出したように話し出した。

「そういえば、クロードさまが夕方にお姉さまにお会いしたいんですって」

「殿下が……？」

思いもかけない言葉に、手元の茶器がカチャリと音を立てた。その音に気がつかないふりをして、わたしはエリアーナに言葉の続きを促す。

「どのようなご用件かは聞いた？」

「ほら、この時期にいつも各国要人の子弟を招いてパーティーを開くじゃない？」

「ええ、そうね」

建国祭の期間中は、各国の要人とともに、次代を担う者たちも訪れている。現職の要人たちが陛下と面会している間、彼らをもてなすのは王太子とその婚約者の役目だ。

「そのパーティーでこの前の失敗を挽回したいらしいのだけど……なにか、お姉さまに相談したいことがあるんですって」

「……そう」

相談内容は、聞かなくてもだいたい想像がつく。

要は、準備を手伝ってほしいということなのだろう。

今まで、この手のことに関しては、ほとんどのことをわたしが処理するよう、王妃様から申しつけられていた。実際パーティーなどの準備は王妃主導で行うことがほとんどなので、別段なんとも思っていなかった。わたしも、最終確認こそクロード殿下にお願いしていたけれど、その工程に関して彼に相談することはほとんどなかった。

けれど、今のクロード殿下の婚約者はエリアーナだ。彼女は、今現在絶賛勉強中の身で、全ての処理を任せるのはあまりに酷だ。しかし、頼みの綱であるクロード殿下自身にも、この手の知識が不足している。王妃様に助力を求めればいいと思うところだが、先日の騒動からの名誉挽回を狙うなら、自力で成し遂げる姿を見せねばならない。

（それで、わたしにお鉢《はち》が回ってきたのね）

折よく、一番詳しいわたしが王宮にいる。王妃様に頼れない以上、殿下にとってこれ以上の人材はいないのだろう。

「ああ、それとお姉さまに会いたいという方がいらっしゃってるらしいわよ」

「まあ、どなたかしら？」

「さあ、そこまでは聞かなかったわ。それよりも、ここなんだけど――」

たいして興味がないというように、エリアーナの意識はすぐに講義の復習へ戻ってしまう。たしかに復習も大事だけれど、もう少しパーティーの準備にも興味を持ってほしい。いや、真面目に講義を受けてくれているだけでも、今はよしとすべきなのかもしれない。

（とにかく、また面倒なことにならないといいのだけれど……）

そんなことを考えてしまいながら、わたしは今日何度目かになるため息をこぼしたのだった。

その日の夕方、アイズ先生と翌日の講義の打ち合わせをしていたわたしのもとに、王太子殿下の侍従がやってきた。

「クラリンス嬢。王太子殿下が、執務室にてお待ちです。お忙しいとは存じますが、火急の用件ゆえ、どうかお越しいただきたいとのことです」

「マリお嬢様、残りの分に関してはわたしのほうで案を考えて、後ほどお部屋にお持ちします」

「ありがとうございます、アイズ先生」

快《こころよ》く送り出してくれるアイズ先生にお礼を言って、わたしは侍従とともに殿下の執務室へ向かう。

王妃宮と渡り廊下で繋がっている王太子宮。少し前まで毎日のように通っていたはずなのに、久々に来たこの場所は、なんだか知らないところのように感じられて、落ち着かない。そんなわたしに心の準備をする隙さえ与えることなく、殿下の侍従は、執務室の扉を叩いた。

「殿下、クラリンス嬢をお連れいたしました」

「入ってくれ」

侍従が扉を開き、入るように促される。できることならこのまま回れ右して帰ってしまいたいけれど、ここまで来てそういうわけにもいかないだろう。覚悟を決めて、一歩室内に足を踏み入れると、背後で扉が閉まる音がした。

「殿下、お久しぶりでございます。お呼びと伺い、マリーアンネ・クラリンス、御前に参上いたしました」

「そんな堅苦しい礼はしなくていい、俺と君の仲だろう。さあ、座ってくれ」

丁寧に腰を折り淑女の礼をするわたしに、殿下は気安く言って椅子を勧める。わたしはそのまま、丁寧な所作《しょさ》を崩すことなく、クロード殿下の向かいに腰を下ろした。

「こうしてふたりで話をするのは久々だね」

「ええ……そうですね」

婚約者交換騒動以降、クロード殿下とこうして向き合うのは初めてのことだ。気まずさを感じているわたしとは違いに、殿下はなんてことない様子で、注がれた紅茶に口をつける。

「会えて嬉しいよ、マリーアンネ」

軽やかに微笑む殿下に、どこか以前と違うものを感じながら、わたしは以前と変わらぬ淑女の笑みを返すことしかできなかった。


「それで、俺が相談したい内容はもうエリィから聞いたかな？」

エリアーナをエリィと呼ぶこと以外は、婚約者だった時とまったく変わらない様子で、クロード殿下は話の口火を切った。

「殿下が主催なさるパーティーの件についてのお話だとは聞いております」

「ああ、その通りだよ」

「それと、どなたかわたしにお客様がいらっしゃるとか」

「ああそれなら、少し遅れるそうだ。落ち着かないだろうが、先にパーティーの話をしてもいいかな？」

「ええ、もちろんです」

「ありがとう」

そう言うと、クロード殿下は綺麗な笑みを浮かべる。

その笑みに呼応するように、蜂蜜色の金の髪が、窓から差し込む夕日に照らされて紅くきらめく。そのせいだろうか、なんだか目の前の殿下が知らない人のように思えて、ゾクリと背筋が震えた。

「マリーアンネ、顔色がよくないようだけれど……大丈夫か？」

「ええ……大丈夫です」

「ならいいけど、体調が悪いならすぐに言ってくれ。この話し合いは、別日に変更しても構わないのだから」

「ありがとうございます。……でも、本当に大丈夫です」

なんとか気を取り直して続きを促すと、クロード殿下は本題に入った。

「もう聞いていると思うけど、近々、各国要人の子弟を招いてのパーティーを開こうと思っているんだ。君には、そのパーティーの準備に関わる全てをエリアーナと俺に指導してほしい。頼めるかな？」

「もちろんです」

だいたい予想通りの内容に、わたしはすぐさまうなずいた。これぱかりは、今後のためにもしっかり引き継いでおいたほうがいいだろう。そうでなくても、国にとって大事なことなのだから、断るなんてできるはずもない。

このパーティーをいかに仕切るかによって、クロード殿下とエリアーナに対する各国からの評価が決まるのだ。

（パーティー自体は毎年開かれるものだけれど、クロード殿下がエリアーナとともに開く〝初めて〟のパーティーだものね……）

なにごおいても『はじめが肝心』とはよく言ったものだ。初回で躓《つまず》けば、そのときの評価はいつまで経っても尾を引き、それ以降回復させることはなかなか難しい。それに今回に関しては、エリアーナが起こした騒動の一件もある。いわばマイナスからのスタートだ。

（だからこそ、ミスは許されないのだけれど……）

ともすれば、わたしが主催として動いていたときよりも、細やかな気遣いが求められる可能性がある。それをわかっているのか、クロード殿下は申し訳なさそうな表情で口を開いた。

「マリーアンネには、本当に迷惑をかけてばかりだな……叔父上にも、申し訳ない限りだ」

「お気になさらないでください。教育係として呼ばれているのですし、わたしに教えられることがあるのならば、きちんと引き継いでおくのは当然のことです」

これは、間違いなく本心だった。エリアーナへの複雑な気持ちが消えたわけではないし、まして、こうしてクロード殿下と話すことが平気かと問われれば、そうとも言えない。

（でも、これもわたしが蒔《ま》いた種であることは間違いないから……）

わたしのものをなんでも欲しがるエリアーナの悪癖を利用して、自分たちの婚約者を交換させるように仕向けた――

ハロルド様は、わたしが想いを告げた日、婚約者交換のことはわたしのせいではないと言ってくれた。きっかけを作ったとしても、この結末を選んだのは、エリアーナとクロード殿下なのだからと。

それでも『きっかけ』を作ったのは間違いなくわたしなのだ。どんなに気まずくても、このくらいのことはきちんとやってしかるべきだろう。

「幸い、エリアーナの講義は順調に進んでいますので、パーティーの準備も同時進行できるでしょう。クロード殿下は、いつ頃の開催をお考えですか？」

「いつもマリは、中日《ちゅうじつ》の前後に開催していたから、その辺りがいいと考えているんだが……」

『中日《ちゅうじつ》』というのは、内々で使われている言葉で、『陛下が来賓《らいひん》のうちの半分と面会を終えた日』を意味している。暗黙の了解として、この日の前後三日以内に、王太子がパーティーを開くのが、通例となっていた。

「もしマリーアンネの都合がよければ、さっそく明日の夕食後から、俺たちにパーティーの準備についいて指導を頼みたい」

「夕食後、ですか……」

「ああ。エリィも俺も、昼間は講義やら公務やらで時間が取れないし……自由な時間が取れるのは夕食後だけなんだが、なにか用事でもあるか？」

（用事は、ないけれど……）

朝も、昼も、互いに時間を見つけて会うようにはしているけれど、最近はわたしもハロルド様も、なかなか都合がつかない日々が続いている。今日は、ハロルド様のほうから出向いてくださったから会えたようなもので、それがなければ今日も会うことは叶わなかったはずだ。

（だから、これからは夕食後の時間にお会いしようと思っていたのだけれど……）

ハロルド様は、最近遅くまで王宮の執務室に留まっているようだし、可能であれば夕食を一緒に取れるのでは、なんて、考えが甘かった。

（でも、仕方がないわね……引き受けたのはわたしだし、セントーニ博士がお戻りになるまでの少しの間だけだもの、しっかり代役を務めないと……）

沈みかけた気持ちをなんとか立て直して、クロード殿下へ真っ直ぐに視線を向けた。

「特に用事もありませんので、夕食後で構いません。細かい時間については、のちほどこちらからお報《しら》せするかたちでもよろしいですか？」

「もちろんだ。よろしく頼むよ」

「かしこまりました」

胸の奥でくすぶる、寂しさにも似た思いを見ないふりして、わたしは殿下へ淑女として完璧な笑みを浮かべてみせる。

そのあと、他愛もない話をしていると、ふいにノックの音が部屋に響いた。

「ああ、君に会いたがっていた客人がいらしたみたいだな」

クロード殿下が入室を許可すると、静かに扉が開いてひとりの男性が姿を現した。

「失礼いたします、クロード殿下。お時間をいただき、ありがとうございます」

「やあ。アドルフ、久しぶりだね」

クロード殿下が空いていた席を勧めると、アドルフ様は嬉しそうに腰を下ろした。

「お久しぶりです。今日はクラリンス嬢との面会の場を用意してくださり、感謝いたします」

「いや、気にしないでくれ。遠路はるばるやってきた従兄弟《いとこ》殿の頼みなら、聞かないわけにはいかないからね」

再度クロード殿下にお礼を告げると、彼――アドルフ・ド・ミレストンはわたしを見た。

「お久しぶりです、クラリンス嬢」

「ご無沙汰しております、アドルフ様」

アドルフ・ド・ミレストン――王妃様の故郷であるメイトリアで唯一の公爵家、ミレストン家の嫡男で次期公爵と名高い方だ。現メイトリア国王の三番目の妹の息子で、王室とも深い関わりがある上、クロード殿下とも従兄弟《いとこ》の関係にある。だから、殿下の婚約者であったときに、何度か会ったことがあった。

(世間話をするだけなら、気さくないい方だったはずだけど……)

外交の席で何度か会った印象は、言ってしまえば『腹黒い人』だった。

いつもは、その整った顔立ちに柔和な笑みを浮かべ、聞こえのいい言葉を並べ立てる、貴婦人にたちからも人気の紳士だ。

しかし国が関わることになると本性が顔を覗かせ、一気に腹黒さが際立つ。

(なんというか、メイトリアのためなら、なりふり構わないという感じらしいし……)

幸いなことに、わたし自身は経験したことがないけれど、何人かの外交官は彼から脅《おど》しまがいの交渉をされたらしい。

けれどたしかに、彼と話していると、言葉の端々から相手を探るような雰囲気が滲《にじ》むときがあって、居心地が悪く感じることがあった。

だから、外交関係の場なら会いたくないというのが正直な思いだ。

それに、会いたくない理由はもうひとつある——

「わたしに会いたいというのは、アドルフ様だったのですね」

「ええ。メイヤー公爵と改めて婚約したと耳にして、ちゃんとお祝いをお伝えしたいと思っていたので。クロード殿下に無理を言ってこの時間をいただきました」

「それはわざわざ、ありがとうございます」

「いえ……マリーアンネ嬢のためでしたら、どこからでも駆けつけますよ。まあ、婚約のお祝いというのが、少し寂しい気もしますが」

そう言うと、彼はわたしの手の甲に恭《うやうや》しく唇を落とす。

そう、彼は昔からわたしに隠すことのない好意を向けてくるのだ。

(以前会ってからずいぶん時も経つし、もうこんなことはないと思っていたけれど……)

どうやら変わっていないらしい。

けれど、来てしまったものは仕方がない。わたしはできる限り自然な笑みを浮かべて、心の内を覆《おお》い隠した。

「アドルフ様が駆けつけてくださるとなれば心強いです。今後はそのお心遣いを、ぜひ妹のために取っておいてくださると嬉しいです」

丁寧に頭を下げながら、わたしはなんとも言えない気持ちでいっぱいだった。

そんなわたしをどう思ったのか、アドルフ様はその形のいい眉を下げると、口を開いた。

「あなたは変わりませんね。清廉《せいれん》で美しい」

「お褒めにあずかり光栄です」

当たり障りない返答で微笑むと、アドルフ様は仕切り直すように表情を改めた。

「実は、お祝いに来たのも事実なのですが……クラリンス嬢にお願いがあるのです」

「お願い、ですか？」

（まあ、わざわざクロード殿下を介して会いに来るくらいだから、お祝いを言いに来ただけのはずがないわよね……）

そんな考えはおくびにも出さず、わたしはかすかに首をかしげた。

「わたしにできることであればいいのですが、そのお願いとは、どのようなことでしょう？」

「今回、クロード殿下主催のパーティーに参加すべく参ったのですが、エスコートするはずだった令嬢が体調を崩して、ここへ来る途中で国へ引き返してしまって……クラリンス嬢なら、どなたかいい方をご存じではないかと思いまして」

（そういうことね）

ちょうど少し前まで話し合っていた王太子主催のパーティー。別にエスコート相手がいなくても参加することはできる。けれどアドルフ様ほどの身分になると、同伴者がいないのは目立つ。その上、整った顔立ちをしているせいで、令嬢たちの興味が彼に集中してしまうだろう。なぜそんなことがわかるのかといえば、前にも同じことがあったからだ。外交面では古参の官僚顔負けの腹黒さを発揮できても、令嬢たちからのアプローチはうまく躱《かわ》せないらしい。そのときは最終的にわたしとクロード殿下に助けを求めに来たのを覚えている。

（結局、しばらくわたしがお相手をして、隙をみてお部屋に戻られたのよね）

それ以来、アドルフ様はパーティーに参加する際は必ず令嬢をエスコートしてくるようになった。そうすれば余計なアプローチは受けなくて済むし、ダンスを申し込まれてもある程度は『相手がいるので』という理由で断ることができる。

「わかりました。パーティーの日までに、どなたか探しておきましょう。何人か候補が決まったら、クロード殿下にお願いしてご連絡差し上げます」

そう答えるわたしに、なぜかアドルフ様は首を横に振った。

「いや、その必要はありません」

「……え？」

「実はお願いはもうひとつあって……クラリンス嬢のお時間があるときでいいので、私のお茶の相手をしてくださいませんか？」

「それは……」

（どういうことなのかしら……？）

口には出さずに、視線でクロード殿下に問いかける。すぐにそれを察してくれたのか、殿下は小さくうなずいてから話し出した。

「これは叔父上にもまだ口外しないでほしいことなのだが、実は今メイトリア内でハークと交流を図ろうという動きがあってね。君がハークの王太子殿下と顔見知りだと話したら、パーティーで顔を合わせる前に、どんなお人柄なのか話が聞きたいんだそうだよ」

「お恥ずかしながら、我がメイトリアは、距離の関係もあってハーク王国との縁が希薄でして、クラリンス嬢にいろいろお教えいただきたいのですよ。聞けば、クラリンス嬢は王宮に滞在していらっしゃるとのこと……私も、殿下のお心遣いで王太子宮の一室をお借りすることになったので、どうぞよろしくお願いいたします」

こちらの返事を聞く前に、アドルフ様は頭を下げる。こうなると、どんなに断ろうとしても無駄だということを、わたしは少なくない彼との交流を通して学んでいる。

（どのみち居場所まで知られているのなら、逃げも隠れもできないでしょうし……）

「彼《か》の方のお人柄を、わたしも十分に存じているわけではありませんし、あくまでわたしの主観でしかお話しできませんが、それでよろしければ」

「ええ、それで十分ですよ」

満足そうに微笑むと、アドルフ様は自室へ戻っていった。

「本当に、君には迷惑をかけるが……今回のことは我が国にとっても重要なことだ。どうかよろしく頼む」

「はい、承りました」

（なんだかここに来てから、前にも増してやることが増えている気がする……）

ため息をつきそうになるのをぐっと堪えて、わたしも部屋をあとにした。

第三章

思いもよらない報《しら》せを受け取ったのは、明日の準備を終えてひと息ついていたときだった。

「……セントーニ先生が、行方知れず……ですか？」

「はい、旦那様からはそう伝え聞いております。それと、くれぐれも他言しないようにと……」

「ええ、心得ています」

ハロルド様からの報《しら》せを告げに来たバルドに、戸惑いつつもしっかりとうなずきを返してみせる。

けれど彼の表情が晴れることはなく、言いにくそうにしながら、さらに言葉を紡いだ。

「今回の件で、旦那様は陛下から捜査を一任されることになりました。他国の要人方が来訪している今、騒ぎを起こすわけにはいかないと極秘での勅命です。……それで、しばらくお嬢様にお会いする時間が取れそうにない上に、講師の件が長引いてしまいそうで申し訳ないと伝言を承りました」

「バルド、事情はわかりましたとハロルド様にお伝えしてください。それと、わたしのほうも殿下主催のパーティーの準備を手伝うので忙しくなるので、こちらのことは気にせずとも大丈夫ですと……」

「かしこまりました」

バルドは丁寧に頭を下げると、静かな足取りで部屋を出ていった。完全に扉が閉まると、ルリカは納得いかないとばかりに声を上げはじめた。

「私も事情がわからないわけではありませんけれど、しばらくお会いできないのならお手紙のひとつやふたつ、お願いしてもバチは当たりませんよ、お嬢様！」

「ふふ、わたしのために怒ってくれているのね。でも、極秘の捜査ということなのだし、気取られるようなことをしたためた手紙のやりとりは控えたほうがいいでしょう」

ハロルド様もわたしも、普段は王宮にいる。今は忙しくてすれ違ってしまっているが、そこに改めて『しばらく会えない』なんて手紙を書いて、万が一にも誰かの目に触れたら、余計な勘ぐりをされる可能性がある。ハロルド様もそれをわかっているから、バルドに伝言を預けたのだろう。

（ハロルド様が、そこまでする理由は……）

――セントーニ博士の失踪には、なんらかの裏がある可能性が高いということ。

（先生が向かった先は、メイトリアだと言っていた）

クロード殿下の婚約者だったときも、メイトリアに関してだけは王妃様と殿下が公務を担当していた。だから、わたしには細かい状況がわからない。先生がどこで失踪したのか、護衛はどうなったのか。極秘である以上、この先も詳細を知る機会はないだろうけれど……

(どうか、セントーニ先生が無事に戻り、ハロルド様に何事もありませんように)

わたしはただ、そう願うことしかできなかった。

◆　◆　◆

「報《しら》せを送ってきた護衛には、すぐに帰還するよう伝えろ。メイトリア側との交渉に関しては、同行していた副官に任せる旨を伝えてくれ。なにかあれば俺に連絡するように、とも」

一通りの指示を出し終えて、俺は椅子に深く座り込む。そこへマリのところへ使いに出していたバルドが戻ってきた。

「……戻ったか。マリの様子はどうだった」

「最初は驚いていらっしゃったようでしたが、すぐに状況を理解してくださいました。それにあちらもお忙しいようで、殿下主催のパーティーの準備をお手伝いなさるそうです。ですので、こちらのことは気にせずとも大丈夫です、とのことです」

「そうか……」

察しのいい彼女のことだ。バルドの説明からでも、なにかしらを感じ取ってくれたことだろう。

（それにしても、まさかこんなことになるとはな……）

『カルザス・セントーニが行方知れずになった』

その報《しら》せを俺が受け取ったのは、今日の昼過ぎのことだった。兄の側近からの連絡を受けて執務室へ会いに行くと、険しい顔をした兄がそう告げた。誰よりも彼の帰国を心待ちにしていた俺にとって、まさに青天の霹靂《せきれき》と言わざるをえなかった。

昨日の夜、滞在先であったメイトリア王国の迎賓宮から、セントーニは忽然《こつぜん》と姿を消した。

（報告によれば、ディナーのときまではいつもと変わらぬ様子だったらしいが……）

その後の足取りは、現在も掴めていない。滞在先の部屋に争った形跡はなく、荷物もこれといって奪われた物はない。

だとすれば、残された可能性はふたつ。意識を奪われて連れ去られたか、もしくは――

（自分で逃げ出したか……）

前者であったなら、攫《さら》った相手の目的がなんなのかはっきりしない。けれど後者だとすれば、彼の生真面目な性格上、そうせざるをえない理由があったということだ。

（一刻も早く、彼を見つけなければ……）

なんだか嫌な予感がする。自国の外交官がいなくなったのだから、不安や焦りを感じるのは当然なのだが、それとは別に、言葉にしがたい予感が俺を焦らせるのだ。

「バルド、すぐに動かせる影は何人くらいいる」

「手が空いているものはふたりほどです」

「ふたりか……心許《こころもと》ないな。俺の警護を減らして、セントーニの捜索に回せないか？」

「申し訳ございませんが、それはできません。お嬢様への警護を強化するため、旦那様の警護要員を減らしたばかりですから、これ以上減らすと御身《おんみ》をお守りできません」

断固たるその口調から、バルドに引く気がないことがよくわかる。

こうなったバルドは、俺がなにを言ったとしても聞き入れてくれない。それは長年の付き合いでよくわかっている。

（でも、それならどうしたら……）

悩ましげな空気が、暗く沈んだ部屋に満ちはじめたそのときだった。

コンコン、という軽いノック音がその場に響いたのは――

◇◇◇

「お嬢様。お顔の色が優《すぐ》れませんが、大丈夫ですか？」

「……ええ、大丈夫よ」

部屋で出迎えてくれたルリカにそう答えるけれど、実際はあまり大丈夫ではなかった。

数日前、クロード殿下の頼みを受けて、パーティー開催の手順を教えることになった。今日はその初日で、夕食後、約束通りわたしは王太子宮にある殿下の書斎を訪れていた。

そこまでは問題なかった。けれど問題だったのは――

（エリアーナ……）

ここ数日、重苦しい気持ちとともに思い出すのは、妹のことばかり。

最近は大人しかったから、あの子が自由奔放《じゆうほんぽう》な性格であることをすっかり失念していた。


「今回のパーティーは、ハーフガーデンパーティーにしたらどうかしら？」

一通り、これまでのパーティーの様式を聞いたエリアーナは、唐突にそう言った。

「王宮の庭園は、秋も冬もとっても素敵だもの、いらっしゃった皆さんに見ていただきたいわ」

「でも、あまりに寒すぎるでしょう。皆さんが体調でも崩されたら大変だわ」

「そんなの、着込んでくればいいだけだわ！　それに、外で暖《だん》を取れるように天幕を建てて、たき火をたけば解決するし、パーティー会場を中にも作るのだから、問題ないでしょ」

クロード殿下と並んで正面に座るエリアーナの言葉に、わたしは小さくため息をついた。

パーティーというのは、大前提として相手をもてなす気持ちが重要になってくる。

どんなに庭園が美しかろうと、こちらの気持ちを押しつけるようなものであってはならない。

（これが個人的な小さいパーティーや、庭園を楽しむのが目的のパーティーなら話は別なのでしょうけど……）

とにかく今回は、クロード殿下とエリアーナ、ふたりの名誉を回復するためのものでもあるのだから、最大限招待する方々への配慮があるほうが望ましい。

それをそのまま言葉にして伝えると、エリアーナはむくれた様子で殿下に訴えかけた。

「ねえクロードさま、綺麗な庭園を見せるのってそんなにいけないこと？　素敵だと思わない？」

これまで何度も聞き覚えのある、甘えるようなその声音に、わたしはかすかな頭痛を覚えてこめかみを押さえた。これでクロード殿下まで妹の意見に賛成してしまったら、説得するのに骨が折れる。けれど、返ってきたのは予想とは違う言葉で――

「いけないことではないが、この件はマリーアンネの意見を聞いたほうがいいと思う」

（……！）

クロード殿下の言葉に驚いたのは、わたしだけではなかった。

まさか反対されるとは思っていなかったのか、エリアーナも驚いたように目を見張っている。

「エリィ、今回のパーティーで俺たちは周囲からの信頼を回復しないといけないんだ。それには、自分たちのやりたいことだけをやるわけにはいかないんだよ。だから、わかってくれるね？」

「信頼を回復して、周りに認めさせるために、今までより盛大なパーティーを開くの！　お姉さまと同じパーティーじゃ絶対に比べられちゃうもの！　クロードさま、どうしてわかってくれないの!?」

エリアーナは、わがままが通らなくて癇癪《かんしゃく》を起こす子供のように叫ぶと、そのまま部屋を出ていってしまった。

あのあと、殿下とわたしで話を進めたけれど、エリアーナが納得しないままでパーティーの成功はありえない。退出間際に、なんとかエリアーナを説得すると言ってくださったクロード殿下に、

お任せするしかない。

「どうしたものかしらね……」

どこへ行っても自由すぎる妹の態度に、わたしは深いため息を吐き出す。そんなわたしを労《いたわ》るように、ルリカがお茶を淹《い》れてくれた。

「お嬢様、ひとまずお茶をどうぞ。ミルクと蜂蜜をたっぷり入れておりますので、お心が休まるかと思います」

「ありがとう……とてもいい香りね」

ミルクと蜂蜜に混ざって、チョコレートに似た香りが鼻をくすぐる。

「このお茶は初めてな気がするけれど、王宮の支給品？」

「いえ、これは公爵からお嬢様へ届いたお茶です」

「ハロルド様から……？」

驚くわたしに、ルリカはサプライズに成功した子供のように、無邪気に微笑んだ。

「お会いになれない代わりに、疲れに効くお茶を送ってくださったとのことです。こちらのお手紙もお嬢様に……」

差し出された手紙を受け取って開くと、ハロルド様の香りが胸をときめかせる。

『忙しいと思うけれど、あまり無理をしないように。このお茶を飲んで時には休むといい。なかなか会いに行けないが、なにかあれば手紙で報《しら》せてくれ。少し間が空くかもしれないが、必ず返事を書く。……今、こうして手紙を書いているだけでも、君に会いたくてたまらない。すぐにでもこの件を解決して会いに行くから、待っていてほしい。これが終わったら、ふたりでゆっくり過ごそう。

——愛してる』

（ハロルド様……）

決して長くはないけれど、想いの詰まった手紙にハロルド様が恋しくて堪らなくなる。

（ハロルド様も頑張ってくださっているのだし、わたしもできることを頑張らないと……弱音なんて吐いていられないわよね）

ハロルド様からの手紙を胸に、温かいお茶を飲む。その甘い香りと味に、ささくれだった心が落ち着くのを感じる。

会えなくても支えてくれるハロルド様への想いを再確認しながら、冬の始まりを告げる厚い雲が、月を覆《おお》っていくのをしばらく眺めていた。


クロード殿下とパーティーの話し合いを始めて数日が経った。

けれど、エリアーナは完全にへそを曲げてしまったらしい。講義には相変わらず真面目に参加しているものの、その態度はつっけんどんで、パーティーの話し合いには、一向に顔を出そうとしない。

主催の当人であるエリアーナをそのままにしておくわけにもいかず、パーティーの計画の他に、エリアーナの説得まで追加され、なんとも忙しい日々を過ごしている。

（おかげでアドルフ様のエスコート役も決められていないし、お茶のお誘いも、なかなか受けられ

ずにいるのよね）

あの日から、何度かお茶のお誘いは受けている。けれど今はあまりにやることが多すぎて、クロード殿下を通じてお断りをしてもらった。

一応アドルフ様側も、忙しいなら、と理解を示してくれている。

（ハロルド様がお忙しいときでよかった……）

この忙しさでは、会いに行くのが難しかったはずだ。

けれど近くにいればきっと会いたくなって、寂しさと恋しさが募っていたことだろう。

（ハロルド様もセントーニ博士の捜索に尽力なさっているのだろうし、わたしも頑張らないと！）

しっかりしなくてはと自分に言い聞かせ、テーブルの上に広がる書類に目を通す。

「そういえば、開催日はいつになさったのですか？」

ふいに目についた書類の空欄が気になって聞いてみると、クロード殿下は思い出したように口を開いた。

「ああ、そういえばまだ話していなかったね。開催日は父上にも相談をして、ちょうど今日から三週間後に決まったよ」

「三週間後ですか……」

「難しいか？」

「いえ……慌ただしくはなりますが、不可能ではないと思います」

特に人員が変更されていなければ、王太子側の侍従長も侍女長も、仕事のできる人物だったはずだ。

このパーティーは例年のことでもあるし、特段の指示がなかったとしても、基本的な下準備はしてくれている可能性が高い。

(わたしが婚約者だったときも、彼らにはとても助けられたものね)

そんな彼らと渡り合うのは、今回からエリアーナの役目だったはずだ。

(来年こそは、全て任せられるといいのだけど……)

ついこぼれてしまったため息をどう思ったのか、クロード殿下は申し訳なさそうに口を開いた。

「……すまない。疲れているだろう君に、せっかく時間を取ってもらっているのに」

「いえ、謝るのはこちらのほうです……妹がご迷惑をおかけして申し訳ございません」

こうして、顔を見せないエリアーナについて謝り合うのが、最近のわたしたちの習慣になってしまっていた。

頑《かたく》なに話し合いに顔を見せない妹を、なんとかこの場に呼ぼうと、わたしもクロード殿下も一日にまで何度となく説得を試みている。けれど、最初のパーティー案をわたしだけでなく、クロード殿下にまで反対されてしまったのがよほど耐えられなかったらしい。『わたしの意見なんて必要ないんでしょ！』と言って、絶対にこの場に顔を出そうとはしない。

(まさかあの子がパーティーにここまでこだわりを見せるとは思わなかったけど……この時期のガーデンパーティーは絶対に無理よね。三週間後なら、雪が降り出したっておかしくないもの)

エリアーナによると『雪景色の庭園こそが一番綺麗なのよ！』ということらしいが、景色のために招待客が体調を崩した、なんて事態は避けなければならない。

尽きることない悩みに、何度目かわからないため息を吐くと、クロード殿下も同時に深いため息をこぼす。

「……俺が、きちんとエリィを説得できていれば、こんなことにはならなかったんだが」

「そんな……あの子が聞き分けがないのが一番の原因です」

「そう言ってくれると、少しは心が軽くなるよ。しかしこういうとき、叔父上ならきっと、うまくエリィをなだめられたのだろうな……叔父上は素晴らしい方だ」

夜の帳《とばり》が降りた窓の外。ハロルド様の執務室があるだろう方角を見て、クロード殿下は苦しげに眉根を寄せた。その瞳は、暖炉とロウソクの明かりを受けて、切なげにゆらゆらと揺れている。それがなんだかクロード殿下の心そのもののように見えて……

「……殿下、本当に妹を……エリアーナを想ってくださっているのですね」

気がつくと、無意識にそんな言葉を口走っていた。

「それは……どういう意味か聞いてもいいか？」

戸惑ったようなクロード殿下の問いかけに、わたしはハッとして手で口を覆《おお》う。

「も、申し訳ございません！　特に深い意味はないのです……ただ、なんとなく、その……」

(想い合っている姿を見たのは、婚約者の交換を言い渡されたときだけだったから……)

今までのわたしの認識では、どちらかといえばエリアーナがクロード殿下を追いかけているように感じていた。だからこうして、エリアーナに対する殿下の感情を垣間見るのは初めてのことだった。

「もしかして……意外、だったか？」

「……」

言い返せないのが答えだった。

正直に言えば、クロード殿下はエリアーナに巻き込まれているだけなのだと、頭のどこかで思っていたのだ。

なんとも答えられないまま黙りこくるわたしに、クロード殿下はふっと力の抜けたような、呆れているような、どちらともいえない笑みを浮かべた。

「本当のことを言ってくれて構わないよ。実際俺も、君と叔父上に似たような考えを持っていたし……」

「それは……どういう意味ですか？」

クロード殿下は、冷めてぬるくなった紅茶をひとくち飲むと、じっとわたしを見た。

「……叔父上が、君をあそこまで気に入るのは意外だった、という意味だよ。あの方は、どちらかと言えば他人とは一線を引くタイプだと思っていたからね」

ハロルド様によく似た瞳が、底知れぬ色を宿してわたしを映す。

こんなクロード殿下の表情を、わたしは知らなかった。

長い間、ともに過ごしてきたはずなのに、婚約者でなくなった今の彼は、まるで別人のようだ。

（きっと、エリアーナに出会って変わったのね……）

恋をすれば人は変わるのだ。わたしはそれを、身をもって知っている。

けれど、どうしてだろう。

「そうだ、マリーアンネ嬢……君は、知っているのかな？」

「なにを、ですか……？」

今のクロード殿下からは……

「アイズ・モーリア嬢が、かつて叔父上の婚約者に内定していたことを」

怒りと悪意に似た感情を感じてしまうのは――……


七日に一度ある、エリアーナの講義がお休みの日。

今日はクロード殿下も公務にお出かけになっているので、久々に本当になにもないお休みだ。

暇を持て余したわたしは、冬晴れの空の下ひとりで庭園に散歩に出ていた。

(今日がお休みでよかった……)

深く吐き出した息が、寒さで白く煙《けむ》って、ゆっくりと霧散《むさん》していく。

どこまでも高い青空は澄んでいて美しいのに、わたしの心はどんよりと重く沈んでいた。

頭の中を占めるのは、昨夜クロード殿下と話したときのことだ。

「そうだ、マリーアンネ嬢……君は、知っているのかな？」

「なにを、ですか……？」

「アイズ・モーリア嬢が、かつて叔父上の婚約者に内定していたことを」

クロード殿下の放った一言に、わたしは驚きに目を見張った。

「その様子だと、なにも聞いていなかったみたいだね」

呆れているのか怒っているのかわからない表情で、殿下はため息をつき、背もたれに背を預ける。

予想外の話に驚いたのはもちろんだけれど、なによりも……

「……もしかして、自分たち以外に、叔父上に婚約者がいたなんて思いもしなかったのかな？」

わたしの心の中を見透かしたようなクロード殿下の言葉に、ただうなずくことしかできない。

ドクン、ドクンと脈打つ音が耳の奥で響いて、ある光景が脳裏に思い浮かぶ。

あれは、少し前のことだ――

エリアーナの講義を終えて戻った準備室で、親しげに話すふたりの姿を見たのは。

あのとき、ハロルド様はなんと言っていただろう。

(たしか……アイズ先生のお兄様が、ハロルド様の遊び相手で……)

『ああ、幼い頃に彼女の兄……今のモーリア伯爵と、一緒に遊んだことがあるんだ。その際に、モーリア嬢にも何度か会ったことがあってね』

ハロルド様が言っていたのはそれだけだったはずだ。

それに、たとえふたりが幼い頃に婚約していようと、そんなことは今関係ない。

関係ない、はずなのに……

(どうして、こんな気持ちになるの……？)

湧き上がる気持ちの正体はわかっている。

嫉妬と不安。

エリアーナが相手のときの、諦めに近い失望感とは違う。焦りにも似た、強い感情が胸を占める。

(でも、よく考えればこれくらい当然のことだわ……)

ハロルド様は王族なのだ。しかも、クロード殿下が生まれるまでは、王位継承第一位の王弟だった。そんな方に幼い頃から婚約者がいるのは、当然といえば当然だ。むしろ、今までわたしたち以外誰ひとり婚約者がいない、というほうが不自然だろう。

以前、陛下に聞いた『クロード殿下の暗殺未遂事件』が起こったとき。

そのときに、ハロルド様はグロリア公爵からいくつかの条件を提示されたという。その中には、結婚に関する制限もあったから、婚約の内定も取り消されたのだろう。

(もうかなり時間が経っているし、なによりハロルド様はきちんとわたしを好きだと言ってくださった)

そう、頭では理解しているし、信じたい気持ちはあるのに、心は思うようにはいかなくて。

それ以上、うまく言葉を紡ぐことができないまま、この日は自室へ戻った。

(一晩眠れば落ち着くと思ったけれど、なかなか難しいわ……)

自分の気持ちがままならなくて、どこに吐き出していいかもわからない想いがもどかしい。

ハロルド様とお会いできるなら、この想いのやり場もあったはずだけれど、彼は今日も朝から城外へ出ているらしい。

(でもよく考えてみれば、たったこれだけのことで騒ぎ立てるなんて……よくないわよね)

だって、ただ過去の婚約者の話を人づてに聞いただけなのだ。

たったそれだけのことで、ハロルド様にこの醜《みにく》い想いをぶつけるわけにはいかない。

それに、アイズ先生とも、この先しばらくは関わっていかなければならないのだから。

(もう少し、気持ちが落ち着いたら部屋に戻ることにしよう)

ヒンヤリとした空気を深く吸い込むと、いろんな感情でぐちゃぐちゃになった気持ちも落ち着くような気がする。

(大丈夫……大丈夫……過去のことだし、正式に婚約を結んでいたわけでもないのだから)

自然に指先で触れるのは、手首につけた組紐のブレスレット。

自分の心の弱さに笑ってしまいながらも、わたしは心が少し落ち着くのを感じる。

(ルリカが心配して捜しに来る前に、部屋に戻らなければ……)

ゆっくりと庭園を回りながら、王妃宮内に与えられた自室に向かうべく歩を操る。

(それにしても、美しいわね……)

冬に咲く花々が、明るい日差しに向かって懸命に咲いている。

その姿に誘われるように、自然と足は庭園の奥へ向かっていく。

この庭園は、奥に行けば行くほど生け垣がどんどん高くなり、迷路になっているのだ。

そのせいかとても静かで、かすかにただよう花の香りと相まって、とても落ち着く空間になっていた。

小さい頃、何度も歩いたことがあるせいか、なにも意識せずともわたしの足は迷路の最奥へ続く道筋を辿り出す。

(ゴールの場所には、花壇に囲まれた東屋があるんだったわよね……クロード殿下がお好きだった場所)

幼い頃の記憶に導かれて、ゆっくりと奥へ進んでいく。

(なんだか少しだけ、エリアーナがガーデンパーティーを望む理由がわかる気がするわ)

そんなことを考えながら、その可憐でしたたかな美しさを楽しんでいると――

「マリーアンネ嬢……？」

「クロード、殿下……」

――花迷路の最奥。

いつもよりゆったりとした衣装に身を包んだクロード殿下が、そこにいた。

◆　◆　◆

セントーニの捜索に明け暮れる日々が続いていたある日。

ある噂話を携《たずさ》えて、意外な人物が執務室を訪ねてきた。

「ねえ公爵、あなた今王宮で噂になっている件は、ちゃんと知っているのかしら？」

執務室に置かれている簡素な応接用ソファに陣取って、お茶をすすりながらこの国の王妃——義姉上《あねうえ》はそう切り出した。

「いえ、近頃は慌ただしくてこの部屋からあまり出ないもので……噂というのは存じ上げません」

「では誰もあなたに報《しら》せなかったのね……まあ、おいそれと話せる内容でもないものね」

（一体なんなんだ……）

要領を得ない内容に多少の苛立ちを感じるものの、この国の王妃を邪険にするわけにもいかない。かといって、このまま無為に時間を過ごすこともできない。

セントーニ博士捜索のことを言えればいいのだが、これは極秘事項だ。その上、失踪事件が起こったのは義姉上《あねうえ》の祖国。状況把握ができていない以上、話すわけにはいかない。

（ならば、丁重にお引き取り願うしかないか……）

「義姉上《あねうえ》、大変申し訳ございませんが、今は本当に忙しくて……お話を聞くのはあとではいけませんか？　時間ができたら、私のほうからお伺いします」

「そんな悠長なことを言っている場合ではないのよ？　あなた、ちゃんと事の重大さを理解しているの？」

もはやこちらの意見など関係ないのだろう。義姉上《あねうえ》は表情を険しくすると、資料の山に埋もれる俺をジロリと睨《にら》みつけてきた。

（この忙しいときに……マリとの時間すら取れなくて困っているというのに……）

突然、供もつけずに執務室へやってきたかと思うと、『大事な話があるから、公爵と従者以外は外へ出ていなさい』と言って、バルド以外の従者をなかば強制的に執務室から追い出してしまった。

（その割に、一向に本題に入らない……）

話すなら早く話してほしいのに、もったいぶった言い方をするだけで、一体なにが言いたいのか理解できない。

「旦那様……どうなさいますか？」

書類をこちらへ渡しながら、こっそりと囁《ささや》くバルドに俺は首を横に振る。

相手がエリアーナ嬢あたりであれば、早々にお引き取り願うところだが、今回はそうはいかない。

下手なことをして、マリになにかしらの影響が及ぶのだけは避けなければならない。

なにせ彼女は今、王妃宮にいるのだ。

「なにか用があると言うし……それを聞かないわけにもいかないだろう」

一旦区切りのいいところまで書類を片付けて、俺は義姉上《あねうえ》の向かいの席へ移った。

「それで……俺が知っておいたほうがいい噂というのは、どのようなものなのですか？」

「あなた、日がな一日王宮に詰めているのに、本当になにも知らないのね……」

「先ほどもご説明しましたが、私も従者も最近この部屋から出ることすらままならないものですから……」

俺の言葉を聞いた義姉上《あねうえ》は、情けないと言いたげな表情でこちらを見た。

「まったく……あなたがそんなことだからわたしが直接教えに来る羽目になってしまうのよ」

頬に手を当ててわざとらしくため息をつくと、紅茶をひとくち飲んでから、もったいぶった様子で口を開いた。

「公爵、あなた……アイズ・モーリアと密会を重ねているというのは本当なの？」

◇　◇　◇

「マリーアンネ、寒くはないか？」

「はい。殿下のご配慮のおかげで、とても温かいです」

花迷路の最奥で、偶然クロード殿下に遭遇したわたしは、なぜかお茶をともにすることになった。

(少し散歩をしたら、すぐに戻るはずだったのに……)

目の前のテーブルには、いつの間にか温かいミルクティーにお菓子、そして軽食が、所狭しと並べられている。

「あの、殿下のお休みのお邪魔になってしまったのではございませんか？」

「いや、そんなことはないよ。相手の都合で、今日の公務がなくなってしまって……むしろ暇を持て余していたところだったんだ」

「そうだったのですね」

本当に言葉通りなのだろう。クロード殿下の足元には、何冊かの読みかけの本とともに、スケッチブックが置かれていた。幼い頃から、彼は暇を持て余すと絵を描くのだ。趣味なのかと思っていたけれど、そういうわけでもないらしい。

ならなぜ描いているのか尋ねると『ただ……記憶に残したいものを描いているんだ』とだけ言っていた。

(こういうところは、今も昔も変わらないのね……)

幼い頃のことを思い出して笑みをこぼすと、クロード殿下が不思議そうに首をかしげた。

「そういえば、どうして休みなのに叔父上のところに行かないんだ？」

「ハロルド様はお忙しいようなので……」

「……そうか」

クロード殿下はなぜか気まずそうに視線を泳がせる。

(なんだか気を遣わせてしまったかしら？)

ハロルド様がセントーニ博士の捜索のせいで忙しいというのは本当のことだ。けれど、極秘ということもあって、それをわたしの口からクロード殿下に説明するわけにはいかない。

「ここ数日はエリアーナにつきっきりで忙しかったですし……久々にひとりの時間もいいものですわ」

気を遣わせてしまったのがなんとなく申し訳なくてそう言うけれど、殿下の表情は変わらない。それどころか、なにかをためらうように、口を開いては閉じてを何度か繰り返している。

「あの、殿下」

「なんだ？」

「なにか、わたしにお話しになりたいことでもあるのですか？」

「別に、そんなことは……」

そう言いつつクロード殿下は、視線をさりげなくこちらから外して頬を掻く。それは彼がなにかを隠しているときにする昔からの癖《くせ》で、特に相手に対してなにかを言い出せずにいるときに見せる仕草だった。

「ここは迷宮の奥で、この場にはわたしたちしかおりません。なにか気にかかっていることがあるのなら、話してくださいませんか？」

「……」

もどかしい沈黙の中、冬の風に晒《さら》されてぬるくなったお茶をひとくち飲む。その間に、クロード殿下は心を決めたらしい。決意のこもった眼差しでこちらを見ると、ゆっくりと口を開いた。

「その……昨日あんなことを言った手前、こんな話をするのは気が引けるのだが……あくまでも、侍女たちが騒いでいるだけの、ただの噂として聞いてくれ……」

「え……？」

「俺も昨夜聞いたばかりなのだが……叔父上とアイズ・モーリア嬢が、だな……ここ数日、その……深夜に密会を重ねているらしい……」

「……」

クロード殿下の言葉に、心臓が嫌な音を立てる。

昨日の話をまだ整理できていないというのも相まって、ずしりとした重しがのしかかったかのように心が重い。息をするのすらしんどくて、気がつけば浅い呼吸を繰り返していた。

「マリーアンネ……大丈夫か？」

「……はい、少し……驚いただけですので」

　そう答えている間も、心の中では、そんなはずないと叫ぶ自分と、もしかして……と疑う自分がせめぎ合っている。

（クロード殿下は侍女たちの噂だと言っていたし……なにかの見間違いかも。気になるなら、本人に確かめに行けばいいのだわ……）

　そう言い聞かせて、なんとか自分を取り戻そうとする。けれど、一度自分の中に浮かんでしまった疑念は、そう簡単には消えてくれない。

「あの、殿下……申し訳ないのですが、わたし……そろそろお部屋に戻らせていただいてもよろしいでしょうか……？」

「ああ、それはもちろん……しかし、ひとりで大丈夫か？　よければ部屋まで送るが……」

　心配そうにこちらを覗き込むクロード殿下に、なんとか表情を取り繕《つくろ》って、首を横に振った。

「いいえ。お申し出は感謝いたしますが、少し考えたいことがあるので、ひとりで戻ります。ここは王宮内ですから、たいした危険もありませんでしょうし」

「そうか……もし、ひとりで堪えがたくなったら話しに来てくれ。幼い頃からの仲だ、相談くらいには乗れると思う」

「ええ、ありがとうございます……殿下。それでは、失礼いたします」

　わたしは一礼して、来た道を戻ろうとする。

それを引き留めるように、殿下の強ばった声が背に投げかけられた。

「そ、そういえば、ここに来る前に叔父上が図書館のほうへ向かっているのを見た。もし話をしたければ、そちらへ行ってみるといい」

「お気遣い、ありがとうございます……」

小さく頭を下げて、わたしは迷路を迷いなく進んでいく。図書館のほうへ向かって。

幼い頃から歩き慣れた場所だからか、間違うことなく、図書館の裏手へ続く出口へ辿り着いた。

目的の建物を見つけてそちらに向けて歩き出したわたしは、一対の人影を見つけて足を止めた。

(あれ、は……)

人目を忍ぶようにして身を寄せ合い見つめ合うふたりの男女の姿。

その人を見間違えるなんて、できるはずがない。

だってそれは紛れもなく……

(ハロルド様と……アイズ先生)

わたしは息をすることも忘れて、ふたりがその場を立ち去るまで、固まったようにその場に立ち尽くした——

◆　◆　◆

「私と貴女《あなた》について、妙な噂が流れているらしい」

人気《ひとけ》の少ない図書館裏で、俺は彼女——モーリア嬢にそう切り出した。

「そんな、まさか……マリーアンネお嬢様に、なんとご説明すれば……」

モーリア嬢も、噂については今初めて知ったのか、驚いたように目を見張ると、申し訳なさそうにうつむく。

「彼女には、ありのままを話す」

セントーニ捜索にあたり、メイトリア国境に一番近いモーリア伯爵家の協力を得ることになったこと。そして、伯爵家と俺を繋ぐ役目として、モーリア嬢の協力が必要不可欠であること。

特段関わりのない自分と、彼女が頻繁に会うのは目立つので、夜半に打ち合わせを行っていたこと。

(マリは聡明だ、説明すればきっとわかってくれる)

「近々、モーリア伯爵領に向かうことも話さなければならないし……彼女への説明は、私に任せてくれ」

「公爵がそうおっしゃるのであれば……」

モーリア嬢は、まだ不安そうに視線を泳がせている。

「心配しないでくれ。君の業務に差し支えるようなことはないようにする」

なにより、マリが気まずく感じてしまうのは避けなければならない。

「早速これから……」

マリのもとへ向かおう、と踵《きびす》を返すと、申し訳なさそうな表情をしたバルドがやってきた。

「旦那様……お話のところも、申し訳ございません。陛下が、今すぐ執務室へいらっしゃるようにとのことです」

「……すぐに、か」

「はい」

（くそっ……タイミングが悪いな）

本音を言えば、全てを無視してマリのもとへ向かいたい。けれど、兄からの火急の呼び出しとなれば、応えないわけにはいかないだろう。

「あの、公爵……もしよろしければ、わたしが先にお嬢様にお会いして、事情を説明させていただきます」

「いや、しかし……」

この件に関しては、自分でマリに説明して、不安にさせたことを謝りたい。しかし兄のもとへ向かえば、戻れるのはいつになるかわからない。

「旦那様、ここはモーリア様に一旦お願いするのがよろしいのではないでしょうか？」

「……そう、だな。では、モーリア嬢……よろしく頼む」

「も、もちろんです！　では早速……っ！」

そう言って走り出そうとしたモーリア嬢は、なにかにつまずいたように前につんのめる。

「危ない！」

とっさに手を伸ばして支えると、彼女は気恥ずかしそうに頬を真っ赤に染めた。

「も、申し訳ありません……こんな醜態《しゅうたい》を……」

「いや、気にしなくていい……ただ、気をつけてくれ」

「はい……！」

どこか嬉しそうに微笑んで、モーリア嬢はその場を離れていった。

まさかこのとき、マリが近くで俺たちの姿を見ていたなんて思いもしていなかった——

◇◇◇

「お嬢様……ジンジャーティーです。まずはお身体を温めてください」

「…………ありがとう」

ルリカが差し出してくれた熱いカップを両手で包んで、冷え切った指先を温める。痛いくらいに熱いはずなのに、冷え切った指先は一向に温まる気配がない。

「お嬢様……他になにか欲しいものはございますか？」

「いいわ……いらない」

「あの……今朝はどちらにいらしていたのですか？」

「……少し、散歩をしていたの」

（そういえば、わたし……どうやって戻ってきたのかしら）

あの場所から、どうやって自室に戻ったのかよく思い出せない。ただ気がついたらここにいて、ルリカがお茶を淹《い》れてくれていた。

「そうだ……お嬢様、朝食はまだですよね。よろしければ、昼食もかねてなにか簡単なお食事をお持ちしましょうか？」

今はただなにも考えたくなくて、ゆるゆると首を横に振る。そのまま椅子の背もたれに背を預け、立ち上《のぼ》る湯気《ゆげ》と晴れ渡る冬の空を呆然と眺めた。

そんなわたしの様子に、ルリカは心配と不安が入り交じったような表情を向けてきた。

「……あの、お嬢様……朝のお散歩の最中に、なにかあったのですか？」

（なにか……）

「……あったわ。ハロルド様と……アイズ先生を見かけたの」

ハロルド様とアイズ先生が身を寄せ合う姿が、瞼《まぶた》の裏に焼きついて離れない。思い出したくなんてないのに、何度となく浮かんでは胸を締めつける。その痛みをどうにかしたくて、わたしは浮かんだ思いを言葉にして吐き出した。

「ねえルリカ、知っていた……？　アイズ先生は、ハロルド様の婚約者に内定していたのですって。それにね……最近頻繁に会っているって……侍女たちの間では有名な噂だそうよ」

「それは……」

言葉に詰まって、気まずそうにうつむく様子を見るに、きっと王宮に広まる噂とやらを聞いて知っていたのだろう。

わたしを傷つけまいと、あえて黙っていたのだとわかっている。

わかっているのに、立て続けに衝撃を受けた心は、どうにも思い通りにならない。

「全部知っていたのね……どうして教えてくれなかったの？　貴女《あなた》がもっと早く教えてくれていれば……こんなことにはならなかったのに」

（ああ、こんなのただの八つ当たりだわ……）

ルリカを責めたいわけじゃない。

でも、どうしようもなく息がしづらくて……

「わたしがこのことを誰に聞いたと思う？　クロード殿下よ……全部、殿下が教えてくださったの……どれだけ惨《みじ》めだったか、ルリカにわかる？」

（違う……こんなこと、言いたいわけじゃない）

わかっているのに、頭で考えるより先に、言葉が口をついて出てしまう。

「……申し訳ございません。公爵に限って、まさかお噂のようなことがあるはずはないと……それに、お忙しいお嬢様のお心を煩《わずら》わせるかと思うと、その……」

いつもならきっと『そうなのね、気遣ってくれてありがとう』と言って終わりだったはずだ。でも、今日のわたしにはそれができなくて。

「もういいわ……出ていって」

「お嬢様……」

「お願い、ひとりになりたいの」

「……っ」

その声は、自分でも驚くぐらい冷ややかで。ルリカの息を呑む気配が心をえぐる。

でも、今は声をかける余裕もなくて、ただ痛いくらいの沈黙に身を任せた。

「……それでは、隣室で待機しておりますので……なにかありましたらベルでお呼びください」

しばらくして聞こえたのは、なにかを堪えるような声と、静かに扉を閉める音。

取り残されたわたしは、次第にぬるくなりはじめたカップを両手で包み直しながら、憎らしいぐらいに青い空を、じっと見つめていた。

◇　◇　◇

どうして、こんなことになってしまったのだろう。

扉を閉めた私は、奥歯をぐっと噛んで、涙がこぼれそうになるのを堪えた。

(どうして私が泣くのよ！　辛いのはお嬢様なのに……！)

メイヤー公爵の噂については、少し前から耳に入っていた。

『なにやら最近、モーリア嬢が頻繁にメイヤー公爵の執務室を出入りしているらしい』

『過去に婚約者として交流していたのだし、再会を機に恋が芽生えたのでは……？』

そんな噂を王妃宮の侍女たちの口から聞いたとき、最初はたいして気にも留めていなかった。

だって、お嬢様と公爵の絆《きずな》は間近で見ていた自分が一番わかっているのだから。

だから、どんな話を聞いても気にせず、そんなはずはないと訂正するに留めていた。

お嬢様がこんな噂に惑わされる必要などないと、報告をすることも控えていた。

けれど、婚約者の不穏な噂を、元婚約者である王太子殿下から聞かされたお嬢様は、どんな気持ちだっただろう。

皆が知っていることを、自分だけが知らないとわかったとき、どう思っただろう。

想像しただけで、胸の奥がぎゅっと痛んだ。

(私が……ちゃんと報告しておくべきだったのに……)

お嬢様に仕えはじめてから今まで、こんな風に部屋を出されたのは初めてのことだった。

(こうなったら、私がお嬢様の憂《うれ》いを払わないと……!)

この王妃宮で、お嬢様の真の味方になれるのは自分だけなのだ。

(もう、間違えたりしない……お嬢様、待っていてください!)

目元を拭って自分の頬を叩き、気合いを入れると、私は扉の向こうにいるお嬢様に一礼してから、廊下へ続く扉に手をかける。

けれど、私が部屋を出るより先に、お嬢様のいる部屋のほうからノックの音が聞こえてきた――

◇　◇　◇

「マリーアンネお嬢様……この度の噂のこと、本当に誤解なのです……」

テーブルを挟んだ向かいの席で、アイズ先生が今にも泣き出しそうな表情でそう言った。

「誤解……ですか」

「はい。王宮に流れているわたしと、公爵の噂について……今日初めて知って……お嬢様に余計な心配を与える前になんとかしなければと……急とは思いましたが、お邪魔させていただきました」

たしかに、急いでやってきたのだろう。彼女の髪は少し乱れていて、外は冷えているというのに、額に汗まで浮かんでいる。

「公爵から、噂についてお聞きしました……。それで、お嬢様には全部事情を話しても構わないだろうということになって……お忙しい公爵に代わり、わたしがご説明に参ったのです」

「差し出がましいとは思いますがお聞かせください……。なぜ、公爵自らではなくモーリア様がいらっしゃるのでしょう？　誤解を解くというのなら、婚約者である公爵ご自身がいらっしゃるのが筋なはずです」

彼女が訪れてからずっと、わたしの後ろに控えていたルリカが、どこかトゲのある声音で問いかける。いつもなら、そんな彼女を咎《とが》めるところだけれど、わたしは黙ってアイズ先生の言葉を待った。

「もちろん、公爵がいらっしゃろうとしていました。ですが、陛下からのお呼びがかかったのです……セントーニ博士の件で」

「……アイズ先生も、セントーニ博士のことをご存じなのですか？」

たしかあの件は極秘という話だった。

それなのにどうして今、アイズ先生の口からその話が出るのだろう。首をかしげるわたしに、彼女は神妙な顔つきで小さくうなずいた。

「実は、わたしの実家であるモーリア家が、セントーニ博士捜索に協力しているのです。我が領地ほど、今回の件で動きやすい家もありませんから」

（たしかに、その通りだわ……）

アイズ先生の実家であるモーリア伯爵家は、メイトリアとの国境であるグルック大河沿いに位置している。極秘捜査で、大規模に騎士団を動かすことができない以上、最も近い家の騎士が駆り出されるのは、考えてみれば当然のことだった。

「ですから、わたしと公爵が……その、密会しているというのは、我が家から届く報告書を、閣下にお持ちしていただけなのです。我が一族と公爵の間を取り持つ役割には、今王都にいて、宮殿内に住まいをいただいているわたしが適任ですから」

アイズ先生の話は筋が通っている。セントーニ博士に関わる情報は、おいそれと他に話せることでもないから、誤解が生まれてしまったのだろう。

「ご理解いただけましたか……？」

「ええ……」

不安そうにこちらを覗き込むアイズ先生に、わたしは小さくうなずいてみせる。

けれど、どうしても気になることがあって、じっと彼女の瞳を見つめ返した。

「事情は理解しました……でも、どうして今日の朝、図書館の裏でハロルド様と……会って、抱き合っていらっしゃったのですか？」

身を寄せ合っていた光景は、どんなに振り払おうにも消えてくれない。これを解消しない限り、きっとわたしは心の中の疑念を消し去ることはできないだろう。

アイズ先生は、まさかわたしにあの光景を見られていたと思っていなかったのだろう。束の間目を見張ると、おずおずと口を開いた。

「あの、今朝あの場所で公爵とお会いしたのは……執務室だと人目があると思って、わたしからお願いしたのです。それで、その場を離れようとしたときに、少し足がもつれてしまって……支えていただいただけで……これは完全にわたしのせいで、公爵には他意はないのです。ですからどうか、誤解なさらないでください」

「そう、だったのですね……」

(全部、わたしの誤解と勘違いだったということ……)

そう思うのに、どうしてこの胸のざわめきは収まらないのだろう。でもとにかく、ここまで辻褄《つじつま》が合っているのであれば、納得せざるをえない。

「わざわざご説明にいらしてくださってありがとうございます。おかげさまで、胸のつかえが取れました」

そう言って、できる限り綺麗に笑ってみせる。そんなわたしの様子に、アイズ先生はほっとしたように表情をゆるめた。

「こちらこそ、なかなかご説明できず、ご不快な思いをさせてしまい申し訳ございませんでした。そのお詫びと言ってはなんですが、お嬢様と公爵がなにかご連絡を取る際には、わたしも協力させていただきます！」

「ええ、ありがとうございます」

そのあとも、何度か謝罪を口にしたあと、アイズ先生は用事があると言って部屋を出ていった。

残されたわたしは、すっかり冷めてしまった紅茶を飲んでひとつため息をつく。

（わたしの誤解ということで、全部解決したのに……なんでこんなにおかしな気分なのかしら……）

アイズ先生を信じていないわけではない。きっとさっきの話は全部本当のことなのだろう。ハロルド様にしても、今回の件が極秘事項で多忙を極めていたから、噂を訂正しに来られなかったのだ。

（わかってる。ちゃんとわかってるわ……）

モヤモヤした気持ちを持て余していると、ルリカがそっとわたしの前に膝をつき、カップを包む手に触れる。

「お嬢様……もしなにか不安事があるのなら、それこそ公爵にご相談なさいませ。おふたりは婚約者なのですから」

「ルリカ……」

さっきあんなにひどいことを言ってしまったのに、ルリカは変わることなくわたしに寄り添ってくれる。

「ありがとう……それと、さっきはごめんなさい」

「いいえ、とんでもありません……私のほうこそ、公爵のことをきちんとお嬢様にお伝えするべきでした」

「では……今度からどんなことでも、なにか気になる噂があれば教えてちょうだい。ルリカの話なら、どんなものでも信用できるから」

「はい、かしこまりました」

ルリカは安心したように微笑むと、軽く表情を引き締めた。

「それで、モーリア様からお聞きしたことについて……公爵へもご連絡なさいますか？」

「そうね……話を聞いたということだけ、連絡しておくことにするわ」

まだ、完全に心の整理がついたわけではないけれど、このまま黙っていることもできないだろう。

わたしは手早く手紙をしたためると、それをルリカに託す。

そのあと返ってきた手紙には、たくさんの謝罪とともに、ハロルド様が今夜にも、直接メイトリアに出向くことになった旨が書かれていた。

「まあ、では公爵はしばらくお城を離れるのですね」

「ええ、どうやらセントーニ博士の件でなにか進展があったらしいわ」

(早く、全てが解決してくれますように)

今の心境のまま離れてしまうことに一抹《いちまつ》の不安を覚えながら、わたしは見送りに行けないことを謝罪する手紙をしたためるのだった。

第四章

長かったようで短い休日を終えて数日、再び忙《せわ》しない日々が戻ってきた。

パーティーの件で不機嫌だったエリアーナも、休日で気分転換ができたのか、それともこの時期にガーデンパーティーを行うことの無謀さに気がついたのか、まるで人が変わったように素直になっていた。その証拠に——

「パーティーのことだけれど、お姉さまとクロードさまのおっしゃる通りにするわ！　だから、今夜から、わたしの役割について教えてくれる？」

語学の授業が終わった途端、彼女はそう切り出してきた。

「ええわかったわ。それでは今夜パーティーの主催側としての立ち居振る舞いを教えることにしましょう」

「ありがとうお姉さま！　お姉さまが一緒にいてくれるなら、当日もちゃんとできそうな気がするわ」

その言葉に反応したのはわたしではなく、近くで授業の資料を整理していたアイズ先生だった。

「エリアーナ様、当日はマリーアンネお嬢様も、メイヤー公爵とともにご参加なさるのではないですか？」

「え、そうなの？　お姉さま」

「まだエスコートのお伺いはしていないけれど、ハロルド様のご予定さえ合えば、そうなるんじゃないかしら」

「大丈夫です！　きっとそうなりますよ！」

数日前の出来事以来、アイズ先生はなにかにつけてわたしとハロルド様をサポートするような態度を見せていた。

今のような場面はもちろんのこと、頻繁にわたしからハロルド様への手紙を預かっては、彼に届けてくれている。

噂の件を申し訳なく思ってのことなのだろう。でも、ここまでされると、なんだかこちらも申し訳なくなってくる。

けれどそれを伝えてしまえば、彼女に余計な気を使わせてしまうような気がして、なかなか言い出すこともできない。

それに、実際ハロルド様へ手紙を届けるにあたって、アイズ先生の存在は不可欠になりはじめていた。

それはハロルド様が、セントーニ博士捜索の総責任者として、メイトリアに旅立ってしまったからだ。今、彼に付き従っているのは、アイズ先生の実家であるモーリア伯爵家の方々で、城の外でのハロルド様の様子を知るには、ここではアイズ先生を頼るしか方法がない。

それはもうどうしようもないことなのだから、割り切って彼女の手を借りようと思っているのだけれど……

「公爵も、パーティーの日には視察からお戻りになるそうです。楽しみですね、マリーアンネお嬢様」

あの日から、なんとも言えないざわつきが胸の奥に留まっているのだ。

全ての事情を知ってなお、どうしてこんな気持ちを抱えたままなのか、自分でもわからなくて気持ちが悪い。

それに、そのせいでなんとなくアイズ先生に対しても気まずい感情を抱いてしまっている。

けれど今ここで、そんな気持ちを表に出すわけにはいかない。だからわたしは必死に表情を保ってうなずいた。

「ええ、そうね。最近はハロルド様もお忙しくてなかなかお会いできていなかったし、とても楽しみだわ」

「そうなのね……わたし、てっきりパーティーの最中は、お姉さまにおそばにいてもらえると思っていたわ」

ガックリと肩を落とす様子を見るに、エリアーナは本気で期待していたらしい。

けれど今回、クロード殿下とエリアーナにとって、せっかく与えられた名誉挽回の機会なのだ。

自分たちの力で乗り越えてこそ、全てがうまくいくというものだろう。

けれど、エリアーナにとってはこれが初めて主催するパーティーだ。

それがどれだけ緊張するのか、すでに経験している側としては、手助けしてやりたくなる。

「エリアーナ、そんなに心配しなくても大丈夫よ。ずっとそばについていることができなくても、同じ会場にはいるのだし……なにかあれば、貴女《あなた》の講師として手助けする心づもりでいるから」

「……本当？　本当に助けてくれる？」

「ええ、本当よ」

いくら今関係がよくないとはいえ、昔は仲のよい姉妹だったのだ。それにわたしは今、彼女の師でもある。

大きな責務と緊張を抱えた彼女を放っておけるほど、わたしも鬼ではない。とはいっても、限度というものは存在するのだけれど。

「当日の会場でも、サポートはするわ。でもその前に、パーティーまでの残りの期間で貴女《あなた》には完璧な振る舞いを覚えてもらうから、そのつもりでいてね。最初からきちんとした所作《しょさ》と振る舞いが身についていれば、そもそもわたしのサポートなんて必要ないもの」

「え、お姉さま、でもそれは……」

「そんなに心配しなくても大丈夫よ。できるまで、いくらでも練習に付き合ってあげるから」

そう告げて、ポンと肩を叩くと、エリアーナの華奢《きゃしゃ》な身体がピクリと揺れた。

練習と努力が好きではない彼女のことだ、今のわたしの言葉はきっと耐えがたいものだろう。

けれどこちらとしても逃がす気は毛頭ない。それどころか、すでに専用のカリキュラムは整えてある。

「さっそく今夜から、殿下と一緒に練習をしましょうね。大丈夫、エリアーナは呑み込みが早いから、きっとすぐに覚えられるはずよ。たったこれだけの指南書を読んで理解するだけだもの」

言葉とともに、厚さ五センチはあろうかという指南書をエリアーナの前に置く。

多少内容は盛っているけれど、どれもこれも『王太子妃』には必要な知識ばかりだ。

「建国祭のパーティーの二の舞にならないように、しっかり覚えましょうね」

「ハ、ハイ……」

エリアーナの笑みが引きつっていたような気がしたけれど、わたしは気がつかないふりをして、ニコリと微笑んだ。


その日の夜、エリアーナは逃げることなくきちんと打ち合わせの場にやってきた。

まずはエリアーナがいない間に決まったパーティーの開催日とその他の詳細を共有して、わたしはさっそく作法の指導を開始した。

「――挨拶の口上はそれでいいわ。でも、お辞儀の仕方はそれではダメだわ。パーティーへ参席してくださる方々へご挨拶するときは、相手よりも深く膝を折るのよ。そうでなければ失礼にあたるわ」

「こ、これ以上に深くなんて無理よ！　転んでしまうわ！」

「無理ではなく、やらなければならないのよ」

「マリーアンネ嬢……今日はここまでにしてはどうだろうか？　エリィもかなり疲れているようだし」

パーティーで出す料理や、ダンスの曲目の確認をしていたクロード殿下が、恐る恐るといったように声をかけてきた。

エリアーナはすかさず殿下のもとへ駆け寄ると、その背に隠れるようにしてわたしをねめつける。

「クロードさまの言う通りよ。もう終わりにしたいわ！　今日のお姉さま、なんだかいつもより、とっても厳しくて怖いし……」

「仕方がないわね……今日はここまでにしましょうか」

（たしかに、少しやりすぎてしまったしね……）

こうやって別のことを考えている間は、胸の中のモヤモヤを意識せずにいられるから、エリアーナに必要以上にキツく当たってしまった自覚はある。そんな自分の行いを反省しながら、レッスンに使った資料を片付ける。そのまま部屋を出ようとするけれど、エリアーナの明るい声がわたしを引き留めた。

「せっかくだし、お姉さまも一緒にお茶にしましょう！　この前のお休みに出かけていた侍女が、美味しいお菓子を買ってきてくれたから、クロードさまとお姉さまにも食べてほしかったの」

本当はすぐにでも部屋に戻りたかったのだけれど、八つ当たりめいたことをしてしまった手前、断ることができなかった。

促されるままふたりの正面に腰を下ろすと、控えていた侍女たちが、お茶とお菓子を運んでくる。温かな湯気《ゆげ》を立てる紅茶を口にしていると、クロード殿下が思い出したように話し出した。

「そういえば、アドルフのパートナーは決まったのか？」

「いえ、それが……時期が時期ですから、なかなか難しくて……」

「まあ、それもそうか」

仕事の合間を縫って、アドルフ様にお話を聞き、思い当たる令嬢に連絡を取ってみた。けれど、ほとんどの令嬢はすでにパートナーが決まっている状態らしい。

なにせ、この時期の王太子主催のパーティーは恒例行事で、国の内外問わず、将来重要なポジションにつく可能性が高い者たちが集まる場所だ。

そんな者たちと縁を結ぶために、妹や姉、娘のパートナーとして親族が出てくることは珍しいことではない。

(それにアドルフ様のご希望は、あまり押しが強くないおしとやかな令嬢、とのことだったし……)

この段階でまだパートナーがいない、もしくは単身で参加予定の令嬢は、その希望には添っていない可能性が高い。なぜなら、このパーティーに伴侶を見つけにくる者も少なくないからだ。

「殿下、どなたか思い当たる令嬢はいらっしゃいませんか？」

「そうだね……今は伯爵の地位とはいえ、アドルフはミレストン公爵家の嫡男だから、伯爵か侯爵の令嬢であればいいのだろうけれど……なかなかね」

思い当たる節がないのか、クロード殿下も考え込んでしまう。頭を抱えるわたしたちに答えを与えてくれたのは、それまで黙って話を聞いていたエリアーナだった。

「ねえ、それならアイズ先生がいいんじゃないかしら？」

「アイズ先生、というのは……モーリア嬢のことかな？」

「そうよ！　アイズ先生って、学士だけれどモーリア伯爵家の令嬢なのでしょう？　それなら、今クロードさまが言った条件にぴったりじゃない！」

たしかにその通りだった。彼女は貴族で礼儀作法もしっかりしていて、けれどパーティーに参加する予定はないと話していたから、パートナーはいないはずだ。

それは、クロード殿下も同じ考えだったらしい。

「たしかにそうだね。彼女は博識だし、王宮でマリーアンネ嬢の助手を任されるくらいだから、礼儀作法に関しても心配はない。ああでも……マリーアンネはそれで構わないかな？」

こちらを気遣うように視線を向けてくるクロード殿下は、きっと侍女の間で広がっている噂のことを気にしているのだろう。けれど、わたしはなんてことないというようにうなずいた。

「構いません。アイズ先生にもわたしから話を通しておきます。ついでに、アドルフ様にお茶会の日程を調整していただけるようお願いしていただけますか？」

「ああ、わかった」

「ふふっ、楽しいパーティーになりそうね」

楽しげに呟くエリアーナの言葉に、わたしはただ曖昧《あいまい》なうなずきを返すのだった。


その日の夜、自室へ戻ったわたしは、デスクに向かっていた。

「お嬢様、そろそろお休みにならないと明日に響きますよ」

ラベンダーの香りがするハーブティーを差し出しながら、ルリカが心配そうに告げる。

たしかに彼女の言う通り、すでに日付は変わり、いつもなら眠っている時刻だ。

けれど、わたしはお茶を受け取り、首を横に振った。

「ハロルド様に、パーティーのエスコートをお願いするお手紙を書いてしまわないと……」

少し前に、モーリア伯爵領へ向かうという内容の手紙をもらって以来、ハロルド様からの手紙は届いていない。アイズ先生にも何度か尋ねてみたけれど『お忙しいようで……』という返答があるだけで、今彼がどうしているのか、よくわからなかった。

「パーティーに間に合うようには戻っていらっしゃるとのことだったけど、一応連絡だけはしておかないと」

「それはそうですが……先ほどから筆が進んでいらっしゃいませんし、内容が浮かばないのであれば、いっそのこと今夜は眠ってしまって、明日続きを書いたほうがよろしいのではないですか？」

「……でも、今夜はなんだか眠れそうにないし、もう少し考えてみるわ。わたしのことは気にせず、ルリカは先に休んで」

「……かしこまりました。でも、あと一時間以内にはベッドに入るとお約束ください」

「ええ、わかったわ」

わたしがうなずいたのを確認すると、ルリカは渋々といった様子で部屋を出ていく。

しん、と静まり返った部屋に取り残されたのは、わたしとなにも書かれていない便箋《びんせん》だけ。

（どう書けばいいかしら……ハロルド様に伝えたいことも聞きたいことも、たくさんあるはずなのに……）

いざ真っ白な便箋《びんせん》を前にすると、なかなか書き出すことができない。手紙を書くのは苦手ではないし、むしろハロルド様に宛てて書くのは好きだったはずだ。それなのに、今夜に限っては違うらしい。

けれどそれには、明確な理由がある。いくら手紙を出しても、ハロルド様から手紙の返事が届かないのだ。

アイズ先生に促されて、これまで何度も彼に手紙を書いている。セントーニ博士の捜索で忙しいことも、遠距離にいることもわかっているけれど、それを差し引いてもまったく返事が来ないというのは予想外だった。

最初はハロルド様になにかあったのではないかと、アイズ先生に近況を確認した。けれど帰ってくるのは『調査が難航しているらしい』という申し訳なさそうな笑みばかりで……。

(返事が来ないのに手紙を書くというのも、少しキツいものがあるわね……)

想いを寄せる相手だからこそ、なおさら一方通行の手紙を書き続けるのは辛い。

(でも、とにかくパーティーに参加するかどうかだけは伺っておかないと……)

しばらく悩んだ末、短い挨拶と近況伺い、そしてパーティーの件についてのみを手早くしたためる。そっけなさすぎるような気もするけれど、聞きたいことや言いたいことについては、直接自分の口で話したい。

(これを明日の朝にでも、アイズ先生に頼んでハロルド様に届けてもらいましょう)

封蝋で手紙に封をして引き出しにしまうと、わたしはルリカとの約束通り、ベッドに入るのだった。

それから数日。クロード殿下から、アドルフ様とのお茶会について報《しら》せが届いた。

「アイズ先生、この前お話ししたアドルフ様とのお茶会が明後日に決まったそうなのだけど、予定は大丈夫かしら？」

資料室で、昼からの講義に必要な書物を準備しながら言うと、アイズ先生は一瞬固まって、ぎこちない動きでこちらを振り返った。

「お、お茶会の日取りが、決まったのですね……」

「ええ、急なことで申し訳ないのだけれど……もしかして、なにか予定があったかしら？」

「いえ……予定は大丈夫なのですが……」

「……なにか心配事？」

なんだか歯切れの悪い様子に首をかしげると、彼女は不安そうに瞳を揺らしながらこちらを見た。

「あの……隣国の次期公爵になるような高貴な方のお相手が、わたしのような者で、本当によろしいのでしょうか？」

（まあ、普通の反応よね……）

急に、隣国の高位貴族のお相手に選ばれたのだ。誰だって萎縮《いしゅく》するに決まっている。

「アイズ先生、そんなに緊張なさらなくても大丈夫よ。アドルフ様は気さくな方ですし、きっと楽しい時間を過ごせるはずだわ」

（政治的な話をしなければ、だけど……）

アドルフ様の本性についてはは、今アイズ先生が知る必要はないだろう。心の声を胸の奥に追いやって微笑むと、アイズ先生はほんのわずかに表情をほぐしてうなずいた。

「そ、それならいいのですが……というか、わたしの緊張はそういうものと違って、ですね……」

これはもう、実際に会ってみなければ、彼女の緊張はほぐれないだろう。

「お茶会の日はわたしも同席しますから、心配しなくても大丈夫です。もしアイズ先生が嫌だと思うなら、このお話は断ってくださっても構いません。ですからあまり気負《きお》わずに、単なるお茶会として参加してください」

「い、いやだなんてとんでもありません！　楽しみにしています」

「それならよかった。その日はわたしのほうでドレスも準備しますから、朝食を終えたらわたしの部屋へいらしてくださいね」

「マリーアンネお嬢様のお部屋ですね、承知しました！」

まったく緊張がほぐれる様子のないアイズ先生に苦笑しながら、わたしは明後日のお茶会の準備について考えを巡らせるのだった。


王太子殿下主催のパーティーを数日後に控えた昼下がり。

とうとうアドルフ様とのお茶会の日がやってきた。

大きな窓から温かい日差しが差し込むティールームへ入ると、すでに客人の姿があった。

「アドルフ様、お久しぶりです。マリーアンネ・クラリンスです。お待たせしてしまいましたか？」

「これは、クラリンス嬢……ようやくお茶会の機会をいただけて光栄です。それに、私も今来たところですから、たいして待っていませんよ」

アドルフ様は立ち上がってわたしたちのもとへやってくると、丁寧に腰を折って手の甲へ挨拶の口づけを落とす。その所作《しょさ》の美しさはもちろんのこと、整った顔立ちと艶《つや》やかな白銀の髪の輝きも、彼という存在を引き立てている。年頃の令嬢であれば、誰もが彼に見蕩《みと》れ、心奪われることだろう。

「そうですわ。さっそくですけれど、今日はアドルフ様にお会いになっていただきたい令嬢をお連れしたのです。ご紹介してもよろしいですか？」

「ええ、もちろん。私からお願いしたことですので」

「モーリア嬢、さあこちらへ」

場を明け渡すようにアドルフ様の前を開けると、ライトグリーンのドレスに身を包んだアイズ先生が、一歩前に進み出た。

「ミレストン様、初めてお目にかかります。モーリア伯爵家の長女、アイズ・モーリアと申します。本日はご一緒させていただき、誠に光栄に存じます」

「モーリア嬢、丁寧なご挨拶をありがとうございます。私はアドルフ・ド・ミレストン。どうか気軽に、アドルフとお呼びください。ひとまず、立ち話もなんですからこちらへどうぞ」

アドルフ様に促され、わたしたちはすでに用意が調えられた席に着く。

それと同時に、お茶やお菓子が流れるように運ばれてきて、テーブルの上が華やかになった頃、アドルフ様が口を開いた。

「クラリンス嬢、この度は急なお願いにもかかわらず、お誘いに応じてくださってありがとうございます。いろいろとお忙しかったと聞きましたが、わたしのせいで、余計な手間を取らせてしまったのでは？」

「迷惑だなんてとんでもないことでございます。お役に立てて光栄です」

「そう言っていただけて、心のつかえが取れました。いろいろと、無用な悩みを増やしてしまったのでは、と心配していたのです」

「ふふ、ご心配いただきありがとうございます。でも、なにも問題はございませんわ」

王太子殿下の従兄弟《いとこ》で王妃様の甥《おい》なだけはある。王宮内の噂についても、ある程度の情報を得ているのだろう。こちらを気遣う素振りを見せながら、さりげなく反応をうかがっているのがわかる。

(わたしは、あまり気を抜かないほうがよさそうね)

好奇の視線に晒《さら》されるのは、建国祭のパーティーで一通り終わったかと思っていたけれど、そうではないらしい。わたしは気持ちを引き締めなおすと、さっそく話題を変える。

「わたしのことはともかくとして……今日はアドルフ様に、モーリア嬢をご紹介するために参ったのです。モーリア嬢は学士でもある優秀な令嬢で、きっとパーティーでご一緒すれば楽しめると思いますわ」

「お気遣い痛み入ります。私の突然のお願いに、このように対応してくださって、ありがたい限りです。モーリア嬢も、来てくださって本当にありがとう」

「い、いいえ……わたしも、かの有名なアドルフ様にお会いしてみたかったので……」

「ははっ、有名ですか。貴女《あなた》の耳に入っている話題が、いいものだといいのですが」

「もちろんいい話題です！　あの恋文集をお書きになったアドルフ様を悪く言う者など、わたしの周りにはおりませんわ」

「ああ、あれを読まれたのですね……なんだか恥ずかしいな」

「恥ずかしいだなんて……！　あれを読んだことがない令嬢などおりません！　あれは恋する令嬢や令息のバイブルですもの！　ね、マリーアンネお嬢様」

「そうね……年頃の令嬢令息はほとんど読んでいるのではないかしら」

「おや、クラリンス嬢もお読みくださったのですか？」

「ええ。どれもとても素敵な恋文でしたわ」

アドルフ様の恋文集というのは、エルディニアのみならず、周辺諸国で大変人気の書籍、『恋文の例文集』のことだ。

もともと文才に恵まれていたアドルフ様は、年頃になるとその才能をさらに開花させ、何通もの素晴らしい恋文をしたためた。

もちろん、自分が意中の女性に宛てたものもあるようだけれど、その才能を知ったメイトリアの令嬢令息から、数多の代筆を頼まれたらしい。

手紙の、それも恋文の代筆というのは、それなりに大変な作業だ。きちんと料金を取って代筆をしていたそうなのだけれど、中には手紙ごときで、と言って踏み倒す者もいたらしい。

そんな相手に、アドルフ様は黙ってなどいなかった。彼は料金を踏み倒した貴族らの恋文を、一冊の本にまとめたのだ。

その恋文の素晴らしさは言うまでもなく、老若男女問わず読んだ者は心をときめかせた。

アドルフ様の名声が上がるのとは裏腹に、掲載された貴族たちは赤っ恥をかいた。なにせ、自分が書いたということにして最愛の相手に送っていた手紙が、代筆だと知れ渡ったのだ。

彼らは料金を踏み倒したことを棚に上げて、アドルフ様に苦情を申し立てた。

けれど、そんな貴族たちに彼は――

『料金を払っていないのだから、その恋文は私のものです。私自身の作品なのだから、どう扱っても構わないでしょう？』

と言って、一蹴《いっしゅう》したという。

そのあとも、なにかにつけて苦情や嫌味を言う輩《やから》がいたそうだが、次第に彼らが料金を払っていなかったことや、アドルフ様に一蹴《いっしゅう》されたことが明るみに出ると、その痛快さも相まって、彼の出した『恋文集』は爆発的に売れた。

それが次第に各国でも話題になり、今では熱狂的なファンさえいるほどの有名な一冊となったのだ。

「あの、アドルフ様……新しい恋文集を出されるご予定はないのですか？」

「今のところはありませんね……もう騒ぎを起こすのはこりごりですし、きちんとした方々からしか依頼をいただかなくなったので」

「まあ、そうなのですね……これを残念と思っては、失礼にあたってしまいますね」

本当に続刊を期待していたのだろう、アイズ先生は心底残念だという表情で微笑んだ。

そんな彼女に人のいい笑みを浮かべると、アドルフ様はチラリとわたしを見てから口を開く。

「そこまで期待していただけていたなら……一通したためましょうか？」

「まあ、よろしいんですか!?」

「ええ、どのような恋文がいいでしょう？」

「それなら、差し支えなければ、その……アドルフ様がお慕いしている方への恋文など、見てみたいです」

「私が、慕っている方……ね」

アドルフ様は、チラリと意味深な視線をこちらに投げかけてくる。

わたしはそれに気がつかないふりをして、ただ黙って紅茶を飲む。

そんな様子さえ嬉しいと言わんばかりに笑うと、アドルフ様はアイズ先生に視線を戻した
「片想いですが、それでよろしければ書きますよ」

「はい、ぜひ！」

アイズ先生は興奮しきった様子でうなずくと、すぐに紙とペンを用意させた。

「さあ、どうぞ」

アドルフ様は、あっという間に便箋《びんせん》一枚分の恋文を書き終えると、アイズ先生に差し出した。

「アドルフ様の直筆の恋文を読めるなんて……！　しかも片想いの相手に対する本気の恋文！　手が震えます」

本当に震えている手で便箋《びんせん》を受け取ると、アイズ先生は文章には目を向けずに何度も深呼吸を繰り返して、なぜか立ち上がった。

「モーリア嬢……どうしたの？」

「あの……隣の部屋で、ひとりで読ませていただいてもよろしいでしょうか？　その、興奮しすぎて、おふたりに醜態《しゅうたい》を晒《さら》してしまいそうなので……」

（たしかに、この様子だとここにいないほうがいいかもしれないわね……）

アイズ先生は、もうすでに興奮しているらしい。呼吸が荒く、いつもより目が血走っているようにも見える。

まあアドルフ様の恋文の熱心なファンのようだし、本が好きなわたしとしては、その気持ちもよくわかる。

（わたしもきっと、好きな本の作者に会えばこんな反応になってしまうし……目の前でなんて、きっと読めないわ）

「アドルフ様がよろしいのであれば、わたしは構わないけれど……どうでしょうか？」

「私も構いませんよ。目の前で読まれるのも恥ずかしいと思っていましたからね」

「で、では、少し失礼いたします！」

わたしたちの許可を得ると、アイズ先生はまるでその場から逃げ出すような勢いで、部屋を出ていった。

「モーリア嬢は、本当に面白い方ですね」

「そうおっしゃっていただけると、ご紹介した甲斐があります。よろしければ、当日は彼女をエスコートしてあげてください」

「……」

そんなわたしの言葉には答えずに、アドルフ様はひとくち紅茶を飲むと、組んでいた足を組み替えて、じっと覗き込むようにこちらを見た。

「……それよりも、クラリンス嬢にお聞きしたいことがあるのですが」

「なんでしょうか？」

「メイヤー公爵との婚約について。それはクラリンス嬢もご納得の上でなさったのですか？」

あまりに唐突で直接的な質問に面食らいつつ、平静を装ってカップを手に取る。

そのまま、たっぷり一呼吸分間を置いて、わたしはアドルフ様を見返した。

「……なぜ今、そのようなことをお聞きになるのですか？」

「……私がこのようなことを聞く理由、聡《さと》いあなたならわかっていらっしゃるのではありませんか？」

冬の日差しを受けて輝く瞳は、鈍い銀の光を放ってわたしを映す。クロード殿下よりも五つ年上の彼とは、折々に交流を持ってきた。

婚約者の従兄弟《いとこ》として親しくはしてもらったけれど、彼が隣国の王族として厳しい交渉を迫る場面を見たこともある。

プライベートと仕事で人が変わるアドルフ様を、素敵だという令嬢も多いけれど、わたしは昔から好きになれなかった。だから、適度な距離感を保ってきたのだ。

今のように、熱のこもった視線を向けられるのも、彼が苦手な原因の一つだ。

わたしは彼にとって、元は従兄弟《いとこ》の婚約者で、今はエルディニアの公爵の婚約者だ。

だから、恋情など抱くべき相手じゃないことは、彼もよくわかっているはず。

（それなのに、なんなのこれは……）

わたしの返事を待つ彼の様子に、お茶を淹《い》れて戻ってきた侍女がどこか切なげなため息をこぼす。

それくらい、アドルフ様は切なげに、焦がれるように、こちらを見ていた。

普通の令嬢であれば、胸をときめかせ、恋心を抱くのかもしれない。

けれど、そんな視線を向けられたところで、わたしの心は少しも躍《おど》ることはない。

考えていることがあるとすれば、先日ハロルド様に送った手紙の返事が早く届けばいいということだけだ。

だから、お互いのためにもこの話をここで切り上げるべきだろう。

「アドルフ様、わたしにはなんのことかわかりかねます。それと、メイヤー公爵――ハロルド様との婚約の件は、経緯はどうあれ、わたしも望んでのことです」

真っ直ぐに彼の目を見て、はっきりと告げた。

すると、鈍色の瞳が軽く見張られ、次いで、申し訳なさそうに伏せられた。

「私が余計な気を回してしまったようで……申し訳ございません。クラリンス嬢を昔から知る者として、少し心配になったのです」

「そうでしたか……お心には感謝いたしますが。ご心配は不要です。ハロルド様はとてもよくしてくださいますので」

（ああ、今とてもハロルド様にお会いしたいわ……）

無性に彼の声が聞きたかった。

名前を呼んでほしかった。

抱きしめてほしかった。

恋い焦がれる想いで身を焼かれることがあるなら、わたしは間もなく燃えて消えてしまうかもしれない。それくらい、今すぐにハロルド様に会いたいと思った。

けれど現実は無情で、彼は今この国の端へ行ってしまっている。

今まさに、わたしが対面しているアドルフ様の国の近くへと。

（パーティーまでそんなに時間もないし、あとでアイズ先生にお返事のことを聞いてみないと……）

そう思っていたのだけれど——

「アドルフ様！」

手紙を読み終えたらしいアイズ先生が、号泣しながら部屋に飛び込んできた。

「この恋文……すごく、すごく素敵です……」

「ああ、気に入ってくださったようでよかった」

微笑むアドルフ様の足元に膝をつくと、アイズ先生は手紙を胸に抱く。そのまま、涙で化粧が崩れるのも構わず、彼女は感想を話しはじめた。

「アドルフ様は、とっても長い間お相手を想っていらっしゃるのですね……この『寝ても覚めても、あなたのことばかり、あなたも同じ気持ちならいいのに』という言葉が切なくて……それにこの『月の光のようなあなた』というのがお相手のことですよね」

「ええ、そうです」

「きっとなんというかその……マリーアンネお嬢様のように、美しい方なのでしょう？」

悪気はないのだろう。うっとりとした様子でこちらを見るアイズ先生の眼差しに、わたしの心臓は嫌な音を立てる。

そんなわたしの様子をチラリとうかがってから、アドルフ様は神妙な面持ちでうなずいた。

「そう、ですね」

その含みを持った切なげな眼差しも、アイズ先生の心を揺さぶるのだろう。彼女は感極まったように涙し、しばらくの間手紙の感想を語り続けたのだった。


アドルフ様とお茶会をした翌日。

講義に必要な資料を取りに図書室へ向かいながら、わたしは王妃宮に流れる、なんともいえない空気を感じていた。

（なにかあったのかしら……）

誰かに尋ねてみようにも、廊下の隅でヒソヒソと話している侍女に声をかけようとすると、足早に離れていってしまうのだ。

（もしかして、わたしなにかしでかしてしまったのかしら……）

そう思って考えてみるけれど、思い当たる節はない。これまでにない居心地の悪さを感じながら、わたしは図書室の扉を開けた。

「……クラリンス嬢」

「まあ、アドルフ様……おはようございます」

昨日のことがあったせいで、彼は今、正直一番会いたくない人物だった。けれど出くわしてしまったものは仕方がない。わたしは特に気にすることなく、挨拶をして資料探しを開始する。

そのまま放っておいてくれればいいのに、アドルフ様はなぜかわたしのあとをついてくる。

書棚から書棚に移動しても、つかず離れずの距離感を保つアドルフ様に、さすがのわたしも痺《しび》れを切らして声をかけた。

「アドルフ様、わたしになにかご用でしょうか？」

「あ、いや……その、クラリンス嬢に謝罪をしたくて、ですね……」

「謝罪？　なんのですか？」

「その……私のせいで、あまりよくない噂が流れてしまっているようだから」

「それは、どういうことですか……？」

嫌な予感とともに首をかしげると、アドルフ様はひどく申し訳なさそうな顔をしたあとに、おずおずと口を開いた。

「実は……私とクラリンス嬢が、ただならぬ仲で……それを隠すために、モーリア嬢を利用したという噂を耳にしてしまって……」

「……は？」

あまりに荒唐無稽《こうとうむけい》な話に、一瞬思考が停止する。一体どこからそんな話が出たというのか。そもそもわたしたち三人が会ったのは昨日が初めてで、こんなとんでもない邪推されるようなことはなにもなかったはずだ。そんなわたしの疑問を察したのか、アドルフ様はうつむいたまま続けた。

「昨日、モーリア嬢が私の書いた恋文を読んで、号泣なさっていたでしょう」

「……ええ」

「そのとき、あなたの名前が出たからか、侍女が私の想い人をあなただと勘違いしたようで……」

そのアドルフ様の言葉で、ようやく侍女たちからの視線の意味がわかった。

とんでもない誤解だ。

いや、完全に誤解と言い切れるかと言われると、そうではないかもしれない。

けれど、それはわたしには関係のない話だ。

「本当に申し訳ない……誤解だと、話してはいるのだが……」

「アドルフ様、噂は噂です。事実ではないのですから、そのままにしておいてください」

「しかし……」

「下手に誤解を解こうとすれば、余計に勘ぐられます」

侍女たちにとって、真偽はどうでもいいのだ。

興味をそそる話題であればそれでいい。彼女たちにとって噂は、退屈な日常に刺激をもたらすスパイスなのだから。

だからこそ、一晩で次々に噂に尾ひれがついて、とんでもない話ができあがってしまう。

そんなとき重要なのは、なにもしないこと。彼女たちの興味をそそらないように。

「もし、この噂の件に関してアドルフ様が釈明に駆け回るようなことがあれば、余計に面白おかしく噂されるのが目に見えています。ですから、なにもなさらないでください。ハロルド様がお戻りになって、ともにパーティーに出席すれば、こんな噂も自然と消えるでしょうから」

「そう、ですか……」

「では、わたしはこれで失礼いたします」

どこか呆然としたような様子のアドルフ様に背を向けて、わたしは足早にその場を後にする。

そのまま、近くの空き部屋に身を滑り込ませた。

(どうしてこんなことになってしまったの……)

ひとりきりになった途端、足が震え出して、わたしはその場にへたり込む。

正直、この状況の意味がわからなかった。あんな些細《ささい》な出来事と、偶然の重なり合いで、ここまでの噂になるということ自体、信じられない。

これまで、王太子の婚約者として、スキャンダルとはほとんど無縁に過ごしてきた。だから、どうしてこんなことになっているのか、この噂がどこまで広がっているのか、なにもかもわからないことだらけだ。

「ハロルド様……」

狂ったように脈打つ心臓を鎮《しず》めたくて、わたしは最愛の人の名を呼ぶ。しばらく会えていない上に、初めての状況も重なって、彼が恋しくて仕方がなかった。

「ハロルド様……」

（どうして手紙の返事をくださらないのですか……？）

たった一言でいい。一通だけでいいのだ。

きっとこれまで送った中で、一度でも返事があれば、こんな不安な気持ちになることもなかったはずだ。

ハロルド様がメイトリアに旅立って以来、アイズ先生を介して何通も手紙を送ったはずなのに、一度だって返事が来ていない。

（あとでもう一度、アイズ先生に確かめてみましょう。もしかしたら、手紙の返事が来ているかもしれないもの……いいえ、たとえ返事がなくても、とにかく堂々としていなくちゃ）

それこそが、きっと噂を打ち消す一番の方法のはずだ。

わたしはなんとか呼吸を整えて、心を落ち着かせ、堂々とした足取りで空き部屋を出たのだった。

いよいよ、王太子主催のパーティーを明後日に控えた日の夜。

自室で、パーティーの準備を進めながら、わたしは深いため息を吐いていた。

「お嬢様……お戻りになってからずっとため息をついていらっしゃいますが、もしやまた嫌がらせが……？」

お茶を淹《い》れてくれたらしいルリカが、カップをサイドテーブルに置きながら、心配そうにこちらを覗き込んできた。

そんな彼女の表情に、泣いてしまいそうになるのをぐっと堪えて、わたしは首を横に振る。

「その件はもう気にしないことにしたから、大丈夫よ」

アドルフ様との例の噂が流れ出して少しした頃から、ひどく屈辱的な内容の手紙が届いたり、講義準備室の扉に『浮気女』と書かれた張り紙がされたりという嫌がらせを受けていた。

最初はわたしもルリカも、犯人を捕まえようと躍起《やっき》になっていたけれど、王妃宮だけでも多くの人が出入りしている。見つけるのは至難の業だろう。

それに加えて、犯人がひとりとは限らないという可能性に思い至って以降、もう犯人を捜すことはやめた。そもそも噂の始まりが侍女たちなのだから、この嫌がらせも彼女たちがふざけ半分でやっている可能性が高い。わたしが彼女たちになにかをしたとわけでなくても、侍女の中には一定数、貴族の令嬢を嫌う者がいる。その原因は、妬《ねた》みや嫉《そね》みだったり、以前貴族の令嬢から嫌がらせを受けたことがあるからだったり、理由は様々だ。

というか、朝早くから講義準備室の扉に張り紙をしたり、深夜に扉の隙間から手紙を差し込んだりなんて、王妃宮をある程度自由に動き回っても怪しまれない人物でなければできないことだ。そう気づいた瞬間に、わたしはいろいろと諦めがついた。

けれどやはり、ルリカとしては犯人を捕まえたい気持ちが大きいらしい。

「お嬢様がお気になさらなくても、このままにしていてはなにが起こるかわかりません。少し気は引けますが……ここはやはり、王太子殿下のお力をお借りしてはどうでしょう？」

ここのところ、ルリカは毎晩そんな提案をしてくるようになった。

わたしもルリカの気持ちがわからないわけではない。こういう小さな悪意は、積もり積もって度を超えると、身に危険が及ぶことがある。

そもそも、誰がやっているにせよ、わたしという存在が軽んじられていることは、いい状況ではない。

それでもあえて、なにも行動を起こさないことにしたのだ。それは、自分に動かせる人間がここにいないということはもちろん、下手をすればエリアーナにもよくない影響が及ぶ可能性を考えてのことだった。

どんなに憎らしいことがあっても、世間知らずな言動に振り回されても、血を分けた妹だ。わたしが余計な騒ぎを起こして、王妃宮で変に目をつけられてほしくはない。自分よりも自由奔放《じゆうほんぽう》で気まぐれな妹だから、余計にそう思うのだ。

（なによりわたしはずっとここにいるわけではないし、少しの間我慢すればいいだけだもの……）

でも、そんなことを言ってもルリカは納得してくれないだろう。だから、わたしは話題を変えるべく、もうひとつ気になっていたことを口にした。

「それより……ハロルド様からのお手紙の返事がまだ届かないそうなの。セントーニ博士の捜索が難航しているらしくて、かなりお忙しいというのはわかっているのだけれど……」

　昼間にアイズ先生と話したときのことを思い出して、わたしは再び大きなため息を吐いた。

「アイズ先生、あの……急《せ》かすようで申し訳ないのだけれど、ハロルド様からのお返事はまだ届いていませんか？」

　講義室へ向かう途中、そう尋ねたわたしにアイズ先生は眉尻を下げてこちらを見た。

「それが……まだなのです。何度か現地にいる兄にも連絡を取って、予定通りこちらへ戻ってきている最中だと聞いているのですが……お待たせしてしまって、本当に申し訳ありません」

「いえ、謝らないでください。アイズ先生が悪いわけではないのですから」

「ですが、こんなにお待ちになっていらっしゃるのに……」

「本当にわたしは大丈夫です……お忙しい方なのですから、返事をする余裕がないのも、当たり前のことでしょう」

　しかも相手は遠方からこちらへ戻っている最中だ。もしかすると、手紙を持った伝令とすれ違っている可能性だってある。

（手紙がどこかに紛れてしまうこともあるし、お読みになる余裕すらないかもしれないし……）

「とにかく、パーティーの前日までにはお戻りになるとのことですので、あまりご心配なさらないでください」

「ええ……そうですね」

あの場ではそう答えたけれど、実際ここ数日は頭を抱えたくなるような日々が続いていた。

本音を言えば、クロード殿下ではなく、一刻も早くハロルド様に会って、このことを話したい。

そしてただ一言、大丈夫だと言ってほしい。

もう何度目かわからないため息をこぼすと、ルリカの静かな、けれど怒りのこもった声が聞こえてきた。

「いくら忙しくても、手紙の返事くらいは書けるはずでしょう。公爵はなにをなさっておいでなのでしょうか！」

「きっと他に気を配る暇がないほど、お忙しい状況なのよ。でも明日にはこちらに戻ってくるそうだから、そうしたら頃合いを見て、お部屋に伺ってみることにするわ」

「お嬢様……」

まだなにか言いたげな表情のルリカに笑みを向けて、わたしは少しぬるくなった紅茶に口をつける。

「とにかく、今日はもう寝ることにするわ。あとは自分でできるから、ルリカももう下がって休んで」

「はい……お嬢様も、早くお休みくださいね。では、失礼いたします」

パタン、と軽い音を立てて扉が閉まる。それと同時に、わたしはゆっくりと肩から力を抜く。すると、自然にこぼれた涙が頬を伝った。

「っ……」

（どうして、涙なんて……）

どんなに、言葉ではわかったようなことを言っていても。

どんなに、気丈に振る舞っていたとしても。

日々ぶつけられる明確な悪意に、心は悲鳴を上げていた。

日頃からいろいろな感情に晒《さら》されることに慣れていたとしても、平気なわけではない。

けれど、ルリカに無用な心配をかけるわけにはいかない。

わたしはベッドにもぐり込むと、枕に顔を押しつけて、心に溜まったいろいろなものを嗚咽《おえつ》とともに吐き出すのだった。

◇◇◇

翌日、朝日が昇りはじめる少し前、私はある場所に向かっていた。

本当はお嬢様にもお声をかけるべきなのだろうけれど、昨夜も眠るのが遅かったようだし、最近は特に心労が溜まっているようだから、できる限り眠らせて差し上げたい。

そんなことを考えているうちに目的の場所に辿り着いた私は、目の前の扉をためらうことなくノックした。

「このような時間に、どなたで……」

「バルド様、お久しぶりです」

扉が開くと同時に、なかば無理矢理部屋の中へ身体を滑り込ませた私に、バルド様は驚いたように目を見張った。

「これはルリカ殿、本当にお久しぶりですね。このような時刻にいらっしゃるとは、なにかお急ぎのご用でも？　あいにく旦那様は、陛下のもとへ向かわれてしまって……」

「いえ。バルド様にお話があって参りました」

「……なるほど、どうやら本当にお急ぎの用件のようですね。ここではなんですから、ひとまずこちらへどうぞ」

なにかを察したような様子で微笑むと、バルド様はわたしを従者控室へ招き入れた――

「まずは、お嬢様に代わりまして、無事にお戻りになられたことお喜び申し上げます」

たった今、公爵とともにメイトリアから戻ったばかりのバルド様に、私は丁寧に頭を下げる。そのまま、わざともったいぶって顔を上げ、他人行儀な声音で続けた。

「今らか私が話すことは、私の独断でバルド様に申し上げることですので、お嬢様のご意思とは関係がないことを、まずはご承知おきください」

「……わかりました」

私の様子がいつもと違うことに気がついているはずなのに、バルド様は困惑も戸惑いも見せることはない。むしろいつもと変わらない様子でうなずくと、手早く温かい紅茶を淹《い》れた。

「本当に先ほどモーリア伯爵領から戻ったばかりで、お話を聞くのは、ひと息吐きながらでもよろしいでしょうか？」

「ええ、構いません」

いつものきっちりした姿ではなく、動きやすさを重視した軽装に防寒用のマントを羽織《はお》った姿のまま、バルド様は私の対面に腰を下ろした。

本当にくたびれているのか、目の下にうっすらとくまが浮かんでいるのを見ると、帰城の連絡を受けると同時に、こうして押しかけてきてしまったことを、少し申し訳なく思う。

(でも、この件に関しては一刻も早くキッチリと事実を確認すべきだわ)

気を抜くと、罪悪感が湧き上がって話せなくなりそうだ。

だからわざと、可能な限り厳しい表情をバルド様に向ける。

「……それで、どのようなご用件でしょうか？」

紅茶をひとくち飲んでやっと落ち着いたのか、バルド様は話の口火を切った。

「お嬢様から公爵へお送りした手紙の件です」

「手紙、ですか」

公爵はお忙しいから、と常に気遣っていたお嬢様のことだ。この件を公爵閣下に話すつもりはなかったのかもしれない。でも、私はお嬢様がひとりで泣いていたことを知っている。

声を押し殺し、誰にも気がつかれないように。

それがまるで、公爵との婚約が決まる前のお嬢様に逆戻りしてしまったかのようで。

あの方の涙の跡に、気づかないふりをすることしかできない自分が、どうしようもなく悔しくて堪らないのだ。

「なぜ公爵は、お嬢様からのお手紙に一度もお返事をくださらなかったのですか?」

責めるような口調になるのも構わず、私はバルド様を睨《にら》むように見据える。

(どんな言い訳を聞かせてくださるのかしら)

身構えながら答えを待つ私に、バルド様は何度か瞬きをすると、困ったような表情で口を開いた。

「ルリカ殿が大層お怒りなのはとても理解したのですが……まず大前提として、旦那様が王都を離れている間に、マリーアンネお嬢様からのお手紙は一切届いておりません」

「………え?」

あまりに予想外の答えに、私はバルド様を見据えたまま固まった。

(手紙が届いていないって、どういうこと……?)

お嬢様は私が知っているだけでも、少なくとも五通のお手紙を、モーリア様を介して送っている。

たしかに、遠方で視察をしている相手に手紙を送るとなると、途中ですれ違ったり、紛失したりという可能性もないことはない。しかしそれが五通全てとなると、また話は変わってくる。

「本当に、公爵は一通もお嬢様からのお手紙を受け取っていらっしゃらないのですか?」

どうにも信じがたくて重ねて問うと、バルド様は真っ直ぐに私を見てうなずいた。

「ええ。旦那様に届いたお手紙はまず私の手元で確認していましたので、届いていないのはたしかです」

「そんな……」

にわかには信じられないけれど、視線を逸《そ》らさずに言い切ったバルド様の様子からして嘘ではないだろう。

（でもとにかく、公爵がお嬢様のお手紙を無下になさっていたわけではないのね）

手紙が届いていないのなら、返事をすることなどできなくて当然だ。少しほっとして、胸を撫《な》で下ろしたのも束の間、バルド様は困ったような表情のまま、再び口を開いた。

「その様子を見ると、どうやら旦那様がお嬢様にお送りした手紙も、そちらに届いてはいないようですね」

「…………え？」

驚きすぎて思考が停止してしまった私は、丁寧な動作でお茶を飲むバルド様をただ見ていることしかできない。

（どういうこと……公爵からの手紙って、なにが起こっているの？）

「……ルリカ殿、大丈夫ですか？」

しばしの沈黙のあと、バルド様はこちらを気遣うように声をかけてきた。

「あ、えっと……」

私はてっきりこちらからの手紙が一方的に届いていないのだと思っていた。

けれど、どうやら公爵側からも手紙を送っていて、なおかつお嬢様に届いていない状況らしい。

「一応申し上げておきますと、旦那様はマリーアンネお嬢様に、計七通のお手紙を送られており

ます」

「七通、ですか……」

お嬢様に届くお手紙の管理は私の仕事だけれど、毎日届く手紙の中に公爵からのものは間違いなくなかったし、そもそも公爵からのお手紙についてはモーリア様を介しているので、お嬢様の手に直接届くはずだ。お嬢様からも、モーリア様からもお手紙が届いたという話は聞いていない。

「どうやら……なにかしらよくない状況になっているようですね」

「その、ようですね……」

お嬢様も、公爵も、それぞれに手紙を送っていたのに、どちらにもそれが届いていない。計十二通の手紙は、一体どこへ消えたのか……。

「ちなみに、公爵のお手紙はどなたに預けられたのですか……？」

「私も、それに私の周囲もセントーニ博士の捜索で忙しくしておりましたので、王都とモーリア領を定期的に行き来していた伝令役の者に預けていました。お嬢様はどなたに？」

「講師の助手をしてくださっている、モーリア様です」

「アイズ・モーリア伯爵令嬢ですね」

「はい……私としては反対だったのですが、モーリア領への伝手《つて》が彼女しかいなかったので……」

「反対？　なぜです」

「それは——……」

私は、バルド様たちが不在の間に起こったことを説明した。モーリア様が公爵の元婚約者候補であると、お嬢様がクロード殿下から聞いたこと。そして、公爵とモーリア様のあらぬ噂にお嬢様が心を痛めていらっしゃったこと。その誤解を解きに来たモーリア様が、モーリア領へ旅立った公爵への手紙を届けると申し出たこと。それからアドルフ様との問題まで。

それら全部を説明し終える頃には、空は白みはじめ、王宮の侍女たちが動き出す気配がそこかしこからしはじめていた。

「……不在の間にそれほどのことが」

私が話し終えるまで黙っていたバルド様は、深いため息とともにその一言を吐き出した。

「お嬢様もルリカ殿も、さぞご苦労されたことでしょう」

「いえ、私はたいして……でもお嬢様は、誰にもお話しにはなりませんが、とても思い悩まれているご様子でした。きっと一刻も早く、公爵とお会いしたいと願っておられるはずです」

だからどうか、公爵にはすぐにでもお嬢様に会いに行ってほしい。そう伝えようとして、私はバルド様の表情が険しくなっていることに気がついた。

「バルド様、どうかなさったのですか？」

「実はその……大変申し訳ないのですが、旦那様は明日以降にしかお嬢様にはお会いになれないと思います」

「えっ、どうして……」

そういえば、明け方前にここに来たのに、空が白みはじめても公爵が戻ってくる気配はない。陛下のところへ行ったとバルド様はおっしゃっていたけれど、一体いつまでかかるのだろう。そんな私の疑問に気がついたように、バルド様は申し訳なさそうな表情で口を開いた。

「実は、今回のセントーニ博士の捜索の結果……こちらもあまりよくない事態だということが判明したのです」

「よくない事態、ですか……」

「ええ、博士の宿泊していた迎賓宮から離れた場所にある古物屋に、血のついた懐中時計が売られていました……その内側には、カルザス・セントーニと名が刻まれており、店主に聞いた話では、路地裏で拾った物だと……」

古物屋は、主に低所得者層の者たちが利用する店だ。使用しなくなった衣服や雑貨などを人々から買い取り、必要な人に売っている。しかし安価なものが多いせいか、それだけではやっていけないことも多いのだろう。店主たちは、町で拾った物を売りさばくこともあるそうだ。ごく稀《まれ》に、貴族の落とし物を拾い、それで大金を手にする者もいると聞く。今回、懐中時計を拾った店主も、きっとそんな一攫千金《いっかくせんきん》を狙ってのことだったのだろう。しかし、事件に関連がありそうな品物については、どの国でも衛兵への届け出が義務づけられていると聞いたことがある。

「残っていた血痕はほんのわずかだったので、店主も気がついていなかったようです。それで、衛兵には届けなかったのでしょう」

私の疑問にそう答えると、バルド様は申し訳なさそうな様子で続けた。

「……とにかくその懐中時計についた血痕が、セントーニ博士のものかどうか調べる必要があるということで、陛下への報告を終えたあとはブルーウィントン公爵家へ向かう予定でして」

ブルーウィントン公爵家。

エルディニアに三つある公爵家のうちのひとつで、代々の当主は国王の頭脳と呼ばれるほど優秀な方々が多い家だ。ただ今代《こんだい》の公爵に関しては、医療の研究に傾倒《けいとう》するあまり社交界に顔を出すことはないらしい。そのため、ほとんどの貴族は公爵を変人扱いし、あまり近寄ることはない。

けれど、それは今回の捜査に誰よりもうってつけということだろう。

王妃の祖国で起こったということもあり、捜査は極秘で行われている。そのため、公《おおやけ》に王室の機関を動かすことは難しい。王室の機関を動かせば、必ず王妃側の貴族の誰かしらの耳にその情報が入るからだ。となると、普段貴族が見向きもしないブルーウィントン公爵が適任なのだろう。

「公爵家からお戻りになってからも旦那様は、視察中に滞《とどこお》っていた公務の処理と陛下への報告を済ませなければならず……明日もお嬢様のもとへ行く時間が取れるかどうか、明確には申し上げられないのです」

「そうなのですね……」

(仕方がないことだとわかってはいるけれど……)

どうにももどかしい。どうしてこうも、厄介なことが立て続けに起こるのか。

しかし、起こってしまったことを嘆《なげ》いても仕方がないのは事実で……

「バルド様」

「はい」

「公爵がいらっしゃれないのであれば、バルド様しか頼れる相手はおりません」

「というと……？」

「お疲れなのは重々承知で、お休みになりたい気持ちもよくわかるのですが、今回のことは私たち使用人にも責任がありますので、お着替えになられたら一緒にお嬢様のところへ来て、経緯の説明をしてくださいませ。それとそのあと、私と犯人捜しをいたしましょう」

「わかりました…………未来の奥様のために、力を尽くしましょう」

ぐっと詰め寄る私に、バルド様は困ったように、けれどしっかりとうなずいた。

第五章

「――……ということでして、旦那様もお嬢様からお送りいただいた手紙を受け取ることができていない状態なのです」

朝一番。わたしが目覚めのお茶を飲んでいるときに、ルリカとともにやってきたバルドが、これまでのことについて説明をしてくれた。

どうやらバルドが城に戻って早々、ルリカが突撃して、今回のことのあらましを話したことで、諸々が発覚したということらしい。

「まずは……バルド。疲れているのにルリカが無理を言ったようで、申し訳なかったわね」

「いいえ、お嬢様が謝罪されるようなことはひとつもありません。ルリカ殿の行動は、使用人として当然のことなのですから」

そう言って微笑むバルドの様子に、わたしは少しだけほっとする。まだ会えてはいないけれど、ハルロド様が無事に国に戻ったということに対する安堵と、手紙の件の真相がわかったからだ。

「ふたりとも……ありがとう」

きっとルリカはわたしを思って行動してくれて、バルドもルリカの話を聞いてすぐに事情を説明しに来てくれた。そのことが嬉しくてお礼を告げると、ふたりとも柔らかく微笑んでくれる。けれどそれも束の間で、バルドはすぐに申し訳なさそうに眉根を寄せた。

「明日のパーティーの件、私から明確なお返事ができず、重ね重ね申し訳ございません。旦那様に連絡はしましたので、間に合うようにお戻りになるとは思うのですが……」

「バルド、気にしないで。手紙の件もそうだけれど、優先すべきはセントーニ博士の安否の確認よ。それに比べれば、今回のパーティーなんて些末《さまつ》なことだわ」

わたしが主催するパーティーというわけでもないし、今回の主役はあくまでクロード殿下とエリアーナなのだ。わたしはこっそり会場に入って、エリアーナの様子を見守っていればいいだろう。

このときばかりは、エリアーナの講師という立場をありがたく思う。

「ハロルド様にもどうか、くれぐれもご無理はなさらないようにと伝えておいてね」

「お心遣いありがとうございます。お嬢様のご意向は、必ずお伝えいたします」

そのあと、疲れに効くハーブティーをバルドに渡すように言って、ふたりを下がらせたわたしは、考えにふける。

なぜ、ハロルド様に手紙が届いていないのか。わたしはたしかに、アイズ先生に手紙を預けたはずだ。そして彼女も、顔見知りの騎士に渡したと話していた。

（それなら、運悪く紛失してしまったと考えるのが普通よね……）

けれど、それで納得できるほど思考も状況も単純ではない。なにより〝運悪く〟なくなったというには、あまりに数が多すぎる。

（でも、今それを調べている暇はないわ）

兎にも角にもパーティーを無事に終えなければならない。

（大丈夫……ハロルド様がいないのは心細いけれど、ちゃんとやれるわ）

わたしは気合いを入れるように自分の頬を叩いて、熱いお茶をなんとか飲み干した。

◆◆◆

まだ日も昇る前の時刻。俺は帰国すると同時に呼び出しを受けて、兄上の隠れ家であるレストランへやってきていた。

「そうか……懐中時計に血痕が」

「はい。まだ詳細な調査の結果は出ていませんが……現状集まっている情報から見ても、セントーニ博士はメイトリアでなにか事件に巻き込まれたと考えるのが妥当かと」

「だとしたら、彼はどこへ行った」

「無事であれば帰国を目指しているはずですが……」

その言葉に兄上は押し黙り、複雑そうに顔をしかめる。

（戻れない理由があるのか、それとも戻れない状態なのか。もしくは……）

どこかに身を隠しているのか。

どんな理由があるにせよ、一刻も早く彼を見つけ出さなければならない状況であることには変わりない。

「最悪の場合は、事を公《おおやけ》にする覚悟も持たねばならんな」

王妃の祖国で、我が国の要人がいなくなった。しかも、血痕のついた懐中時計を残して。

これは、メイトリアとの関係に亀裂《きれつ》を生じさせるには十分な出来事だ。

（考えれば考えるほど、頭が痛いな……）

長旅の疲れも相まってか、キリキリした頭痛が続いている。

そんな様子に、兄上は労《ねぎら》うような視線で俺を見た。

「ここ最近、お前には負担をかけてばかりだな……クロードがもっとしっかりしてくれていれば、お前にここまで苦労をかけることはなかったのだが……」

「そのように思われる必要はありません。どちらにせよ、今回の件は俺が担当するのが妥当ですよ」

「そう言ってくれて助かる。ひとまずはゆっくり休んでくれ」

「いえ、先にブルーウィントン公爵家へ行かねばなりませんので……」

「そうか、気をつけてな……」

兄上との密会を終えて隠れ家を出たのは、空が白みはじめた頃だった。

(これからブルーウィントンを訪ねて、屋敷に戻って不在中の報《しら》せを聞いて……城に戻るのは遅くなるな。マリには、明日しか会えないか……)

視察先からも、何度か手紙を送ったけれど返事が来ることはなかった。忙しいのだろうとは思っていたが、音沙汰《おとさた》がないのはやはり寂しい。

それでももうすぐ彼女に会えると思うと、自然と心が穏やかになって、疲れすらも吹き飛ぶような気がする。

(ブルーウィントンの家に着いたら、そこから手紙を出そう。先にバルドが帰国の報《しら》せをするかもしれないが、自分でも伝えたい)

俺は彼女の笑みを思い浮かべながら素早く馬にまたがると、ブルーウィントン公爵家へ向けて走らせた。

◇　◇　◇

翌日、とうとう王太子が主催するパーティーの日がやってきた。

「お嬢様、お支度が整いました」

「ありがとう、ルリカ」

今日の主役はあくまでクロード殿下とエリアーナだ。だから、今日の装いはあくまでも控えめに、飾りが少ないペールブルーのドレスにした。ただ、髪型だけはルリカがどうしてもと譲ってくれなくて、ゆるく編み下ろした髪に、まばらに青い花飾りがついている。

「お嬢様、とてもお綺麗ですよ」

「ありがとう」

美しいドレスに、美しく結われた髪。鏡の中の、いつもと違う自分に、自然と心が躍る。

「……それにしても、直前になって公爵がお越しになれることになってよかったですね」

「ええ、本当に」

実は昨日の深夜、ハロルド様から手紙を受け取っていた。忙しい中書いてくださったのだろう、少し乱雑な字と、こちらを気遣う言葉。それにギリギリになるけれど、必ずパーティーに参席する旨が書かれたそれに、わたしは嬉しくて堪らなくなった。

(ようやくハロルド様にお会いできるのね……)

そう思うと、自然と全てが輝いて見えるなんて……わたしはなんて単純なのだろう。

「お嬢様、どちらへ……？」

「エリアーナに声をかけて、会場の様子を確認してくるわ。今回はわたしが口を出したけど、今後はあの子がやらなければならないことだもの」

「では、わたしもご一緒します」

ルリカは慌てて片付けの手を止め、ついてこようと駆け寄ってくる。きっと未だに続く侍女たちの噂話を気にしてのことだろう。それがわかっているから、わたしは笑顔で首を横に振ってみせる。

「大丈夫よ。あなたもいろいろ忙しいでしょうし、少し見てくるだけだから」

「でも……」

「それに……もしかしたら、ハロルド様が早めにこちらに来るかもしれないでしょう？　だから、あなたにはここにいてほしいの」

そう言うと、ルリカは渋々ながらも笑顔でうなずいてくれた。


王妃宮に用意されたわたしの部屋から、エリアーナの部屋はさほど遠くない。とはいっても、一部屋ずつの間隔が広いからそれなりに距離はある。

それは、誰かに遭遇するには十分なもので……

「マリーアンネ嬢……」

「……アドルフ様」

エリアーナの部屋の手前でばったり出くわしたのは、晴れやかな表情のアドルフ様だった。

正直、噂が収まっていないこともあって、今アドルフ様と会うのはすごく気まずい。

わたしは平静を装って、アドルフ様に丁寧に頭を下げる。

「おはようございます。パーティーまではまだお時間がありますが、アドルフ様も妹になにか御用でも？」

この廊下に面した部屋を使っているのは、今のところわたしとエリアーナだけだ。そして、今いる場所から十数歩行った先には、エリアーナの部屋がある。それを踏まえた上で尋ねたわたしに、アドルフ様は恭《うやうや》しい様子で頭を下げる。

「いえ、マリーアンネ嬢とお話ししたいことがありまして……」

「わたしに……？」

「ええ。可能であれば少しお時間をいただけると嬉しいのですが……」

「申し訳ありません……これから妹とパーティー会場を見て回らなければならなくて」

（それに、今アドルフ様とふたりきりになるわけにはいかない……）

噂のこともあるし、これから始まるパーティーであらぬ疑いをかけられないようにするためにも、彼だってわたしとふたりきりになるのは避けるべきだろう。

そう思って丁重にお断りをし、その場を去ろうとするけれど、なぜかアドルフ様はわたしの行く先を塞《ふさ》ぐようにして立ちはだかった。

「急ぎの用件なのです。どうか、少しで構いませんのでお時間をいただけませんか……」

「いえそれは……」

（なにかしら……この前と、様子が違う気が……）

彼のことは、腹黒い一面を知っているせいで苦手ではあったけれど、怖いと感じたことはない。けれど、今日はなんだか怖かった。できることなら、回れ右してこの場から逃げ出してしまいたい。

それができないのは、わたしが一歩下がる度に彼が一歩近づいてくるからだ。

（もう、無視してエリアーナの部屋に駆け込んでしまえば……いいえ、でもどんなに走っても、わた

しの脚じゃ部屋に着く前に彼に追いつかれてしまう）

どうしようもないまま、じりじりと過ぎていく時間に息苦しさを感じていると――

「……そこでなにをしている」

今、一番聞きたかった声が聞こえてきて、わたしは息苦しさも忘れて声のほうへ視線を向けた。

アドルフ様に肩越しに見える金の髪と、目が合った瞬間に見開かれたエメラルドグリーンの瞳。

その全部が、わたしが求めてやまなかったもので……

「マリ」

彼がわたしの名前を呼ぶのを聞いた瞬間、湧き上がってきた安堵の気持ちとともに、彼のもとへ駆け出していた。

「今……ちょうど今部屋に行くところだったのだが……」

駆け寄ったわたしを抱き留め、驚いたように言いながら、ハロルド様はチラリとわたしの背後に視線を向ける。

「あなたは……メイトリアの、アドルフ殿」

「覚えておいていただけて光栄です、メイヤー公爵。お久しぶりでございます、アドルフ・ド・ミレストンです」

アドルフ様は丁寧に腰を折ると、人のいい笑みを浮かべてわたしたちを見た。

「私の婚約者に、なにかご用でしたか？」

「いいえ、少し世間話をしていただけで……可能であれば、美しい庭園をご案内いただけないかとお願いしていたところです。しかし、少ししつこくお誘いしてしまったようで、怖がらせてしまったようですね。申し訳ございません」

それだけ言うと、わたしに口を挟む隙を与えずに、アドルフ様はその場を離れていく。

「マリ……彼となにかあったのか？」

アドルフ様の姿が見えなくなると、ハロルド様が心配そうにこちらを覗き込んできた。その眼差しと、彼の温もりに、ほっと体の力が抜けるのを感じながら、わたしは小さくうなずいた。

「なにか、話があるとのことで……時間を作ってほしいと迫られて……」

「それ以外には……？」

ハロルド様は表情を険しくすると、わたしの肩に回した手に力を込め、ぎゅっと抱き寄せる。彼が心配してくれているのがわかるから、わたしは体の力を抜いてふっと表情をゆるめた。

「それ以外は、なにも……ただ、なんとなくいつもと雰囲気が違うような気がして、怖かっただけです」

「すまない。俺がもう少し早く来ていれば、マリに怖い思いをさせることなどなかったのに……」

「そんな……お忙しい中、来てくださっただけでも嬉しいです」

しゅんと肩を落とすハロルド様にそう答えて、わたしはあることを思い出してハッとする。

（そういえば、ハロルド様にお会いするのは久々だったのだわ……）

「遅くなりましたが……お帰りなさいませ、ハロルド様」

「ああ、遅くなってしまってすまない……それに、手紙の件やその他のことも、バルドから聞いた」

「ハロルド様が謝られることではございません。わたしもハロルド様の手紙が受け取れていないのですから」

「いや、今回のことはしっかり調査するように手配した。手紙の件も、噂の件も放っておくわけにはいかないからな」

安心させるようにわたしの頬を撫《な》でると、廊下に誰もいないことを確認して、優しく額にキスをしてくれる。

「……会いたかった」

「はい、わたしも……」

会えなかったのは、ひと月にも満たない間だったけれど、わたしにはまるで一日が数十日に感じるほど長かった。

(本当に、ハロルド様に会いたかった……)

なんとか自分を保っていたけれど、こうして彼に再会してみると、自分がどれほどギリギリのところに立っていたかがよくわかる。

本当はこのまま彼に抱きついてしまいたいのをグッと堪えて、わたしは一歩ハロルド様から離れる。

「ハロルド様、ここまで来ていただいて申し訳ないのですが、今からエリアーナとパーティー会場の下見をしに行かなければならなくて……よろしければ、わたしの部屋でお待ちになっていてください」

「いや、それなら俺も一緒に行こう」

ハロルド様は当然だというようにわたしの手を取り自分の腕に絡ませると、柔らかく微笑んだ。

「せっかく久しぶりに会えたんだ、一緒にいられる時間を無駄にはしたくない」

（ハロルド様の隣にいると、今までの不安が嘘みたいに消えていく……）

会ったら聞きたいことも言いたいことも、本当はたくさんあった。けれどこうして隣にいて微笑んでくれる彼の姿を見ていると、もうそれだけでいいと思ってしまう。

「では、ハロルド様さえよろしければご一緒してくださいますか？」

「もちろん、こちらから頼みたいくらいだ」

わたしたちは互いに笑みを交わし合い、そのままエリアーナのもとへ向かった。


「驚いたわ……お姉さまがハロルド様とご一緒だとは思わなかったから」

驚いた、というよりは不機嫌な様子のエリアーナとともに、わたしたちはパーティー会場を見て回る。

「ここに来る途中でお会いしたの。それで、ご一緒してくださることになって……」

わたしたちの邪魔にならないようにと、会場の一角にある席でお茶を飲みながら待ってくださっているハロルド様に目を向ける。

「お会いするのが久々だったから、わたしからもご一緒してくださるようにお願いしたの」

「へえ、そうなの……」

「エリアーナ、あなたさっきからなにをそんなに怒っているの？」

むすっとした様子で唇を尖《とが》らせる妹の姿に、首をかしげる。けれど彼女はわたしの問いに答えることはなく、ただじっとこちらを睨《にら》みつけてから、スタスタと歩き出す。

「ねえ、早くこの会場のこと教えてちょうだい。わたし、まだ準備があるんだから」

「……それじゃあ、最低限確認しておかなければならないことを教えるわ」

わたしは手元の書類を見ながら、エリアーナとともに、席次や食事、食器の置き方などを順に確認していく。けれどその間もエリアーナは機嫌を損ねたままで……

「もういいでしょ！　わたし、そろそろお部屋に戻って準備を済ませないと、パーティーに間に合わなくなるから」

結局、最後まで全てを説明することができないまま、エリアーナは部屋へ戻ってしまったのだった。


「……そうだ、先に話しておきたいんだが……俺は今回の手紙の件、モーリア嬢が関係しているのは間違いないと思っている」

パーティーの時間まで、わたしの部屋でゆっくりお茶を楽しんでいると、ハロルド様がそう切り出した。

「やはり、アイズ先生も関わっているのですね……」

「ああ、マリからの手紙を預かっていた張本人だからな。直接関わっていないとしても、彼女の領の人間の仕業だろうから事情は知っているはずだ」

ハロルド様の考えとわたしの見解は、ほとんど一致している。というか、この状況で一番疑わしいのは彼女だ。

「彼女の意図はまだわからない。だから、この件が解決するまでは、可能な限り彼女とふたりきりになるようなことは避けてくれ」

「意図、ですか……」

「なにか心当たりでもあるのか？」

「いえ……」

嘘だった。本当に彼女が犯人であるなら、なんとなくその意図もわかる気がする。

（彼女はきっと、ハロルド様のことが……）

それに気がついたのは、少し前——アイズ先生が講義の休憩中にエリアーナと、流行の恋愛小説の話をしていたときに見せた表情だった。彼女の気恥ずかしそうな、それでいてどこかうっとりしたようなあの笑顔。

あの日——図書館裏で、ハロルド様に支えられているアイズ先生の姿を見たとき、彼女はまったく同じ表情をしていたのだ。

あのときのことは、バルドからも、アイズ先生本人からも、転びそうになったところを助けただけで、他にはなにもなかったと聞いたから、ハロルド様のことを疑おうとは思わない。

（けれど彼女は……きっと、ハロルド様に想いを寄せている）

わたしも彼を好きだから。

好きでも、遠くから想っていることしかできなかった過去があるから、わかる。

でも、わかったからといってどうしようもない。わたしはもうハロルド様の手を離す気はないのだから。

（とにかく、この件はハロルド様の意に従うのがいいのかもしれない……）

わたしが余計なことをして、ことがこじれるのは避けたほうがいい。

そうは思うけれど、ひとつだけ無理そうなことがある。

「ハロルド様のおっしゃりたいことはわかりました。けれど、わたしとアイズ先生はエリアーナの講師とその補助という関係ですから、ふたりきりにならないというのは難しいです」

「ならば、今度からはどこへ行くにも必ずルリカを同行させるといい。本当は、俺かバルドが一緒にいられれば一番安全なんだが……」

悩ましそうに言うハロルド様に答えたのは、わたしではなく、近くに控えていたルリカだった。

「いいえ公爵、常々私もお嬢様と一緒に行動できればと考えておりました！　そのお考えに賛成です！　大賛成です！」

「そ、そうか……そこまで言ってくれるなら、やはりルリカに任せよう」

「ありがとうございます」

勢いに押されるようにうなずいたハロルド様に、ルリカは満足そうに笑って紅茶のおかわりを準備しはじめる。

きっとここ数日、わたしと一緒にいられなかったことがルリカとしては不満だったのだろう。王太子妃教育の場所には高位貴族と講師の他は決められた者しか入れないという決まりがあって、ルリカは同行できなかったのだ。

「とにかく、少しの間身辺には気をつけてくれ。数日中にはこの件を片付けて、新たな講師補助を義姉上《あねうえ》に探してもらう」

「わかりました」

「あとは、アドルフ殿の件だが……」

その名前に、さっきのことを思い出して自然と体がこわばる。そんなわたしの様子に気がついたのか、ハロルド様はそっとわたしの手を取って、指先を絡めた。

「それは、今日のパーティーで解決することにしようか」

「……え？」

「大丈夫。マリはなにも心配しなくても……ただ、俺の隣にいてくれればいいだけだ、いいね？」

「は、はい……」

うなずくわたしに、ハロルド様の後ろに控えていたバルドは眉尻を下げて笑う。

「旦那様、お気持ちはわかりますが……お嬢様のためにも、あまりやりすぎないようになさいませ」

「わかっているさ」

「あの、ハロルド様……今のバルドの言葉はどういう……」

「ん？」

ハロルド様は、ニッコリと微笑むだけでなにも言わない。

彼の背後にいたバルドにも視線を向けてみるけれど、困ったように微笑むだけで、答えてくれる気はなさそうだ。

（とにかく、おそばにいれば大丈夫なのよね……？）

なんともいえない空気を感じながら、わたしはパーティーまでの時間を過ごすのだった。


しばらくして、王太子主催のパーティーは無事に、そして盛大に始まった——のだけれど。

「クラリンス嬢……よろしければ、ダンスカードに私の名前を……」

「申し訳ないが。今日の彼女のダンスの予定は埋まっているのです。どうかご容赦を」

「ああ、メイヤー公爵……そうでしたか。それは失礼いたしました」

（……これで何度目かしら）

ハロルド様は、わたしのそばから離れようとせず、それどころかダンスに誘いに来る方々を、ことごとく追い返している。

「あの、ハロルド様……いいのですか？」

「なにが？」

「他国の貴族のご子息を、あんな風に追い返してしまって……」

一応今回のパーティーの目的は『交流』だ。

けれど、ハロルド様はそんなものどうでもいいとばかりに、わたしの隣でニコニコと笑っている。

「言っただろう？　マリは今日、俺の隣にいてくれるだけでいいと」

「でも……」

今回のパーティーの主催ではないけれど、主催側の人間であることは間違いない。

それなのに、自分のパートナーとばかり一緒にいるというのは、印象がよくないのではないだろうか。

「マリが気にしていることはわかる。けれど心配はいらない。ちゃんと交流さえすれば問題ないかな」

「それは、どういう……」

言いかけたわたしの言葉を遮《さえぎ》るように、パーティー会場の入口から、新たな客人の訪れを告げる声が上がった。

「ハーク王国より、ノーディア・クロビディス・ハーク王太子殿下、並びにユーティリア・クロビディス・ハーク王女殿下の御入来《ごじゅらい》」

「ああ、ようやく来たか……」

まるでそんなハロルド様の呟きが聞こえたかのように、ノーディア殿下とユーティリア様は、真っ直ぐわたしたちのもとへやってきた。

「久しぶりだな、ハロルド。それに、マリーアンネ嬢も」

「お会いできて光栄です、ノーディア殿下、ユーティリア様」

「マリお姉さま、お会いしたかったわ！」

建国祭のときとは違い、かっちりとした正装に身を包んだノーディア殿下と、ふわふわした可愛らしいアイボリーのドレスを身にまとったおふたりは、否応《いやおう》なく人目を惹《ひ》いた。

「ユーティリア様、ドレスがとてもよくお似合いですね」

「ふふっ、そうでしょう？　わたしの一番のお気に入りなのよ！」

その場でくるりと回るユーティリア様は本当に無邪気で、まるで雪の精霊のような愛らしさだ。

そんな妹姫を微笑ましそうに見ていたノーディア殿下が、思い出したようにこちらを見た。

「マリーアンネ嬢、ダンスカードはあるか？」

「あ、はいここに……」

三曲目までがハロルド様のお名前で埋まったカードを差し出すと、ノーディア殿下がスラスラと一曲置きに自分の名前を書き込んでいく。

「お兄さま！　わたしの名前も書いておいてね！　マリお姉さまと踊るのを楽しみにしていたのだから」

「ああそうだったか……リトルレディのダンスはたしか……六曲目だったな」

「ええ、そうよ！」

リトルレディのダンスというのは、デビュー前の少女たちが家族や仲のいい友人などと一緒に踊るダンスのことだ。社交界デビュー前に少しだけ大人の世界を体験する機会として設けられている場だから、ダンスは男女関係なく好きな相手と踊っていいことになっている。だからユーティリア様のダンスの相手に、わたしを選んでくださったことは特に問題ないのだけれど……

「お兄さま、わたしケーキを選んできてもいい？」

「ああ、あまり離れた場所には行くなよ」

「もう、子供じゃないんだから言われなくてもわかっているわ！」

そう言って離れていくユーティリア様を目で追いながらも、ノーディア殿下がダンスカードに名前を書く手を止める様子はない。

「あ、あの……ノーディア殿下、なにを……？」

次々に埋められていく空欄に驚きを隠せずにいると、ノーディア殿下が呆れたように笑って、ハロルド様に視線を向けた。

「そこの初恋をこじらせた公爵に頼まれたんだ。マリーアンネ嬢に、ミレストン家の令息を近づかせない手伝いをしてほしいとな」

「……え？」

「さすがのハロルドも、パーティーで二回も連続して婚約者を独占するのは無理だとわかったらしい」

建国祭のとき、わたしがハロルド様以外と踊らなくて済んだのは、あの建国祭がわたしたちが『婚約後初めてのパーティー』だったからだ。暗黙の了解ではあるけれど、婚約したばかりのふたりの邪魔はしないというのが、社交界の通例になっている。

けれど今回、その免罪符は通用しない。

だからハロルド様と三曲を踊ったら、別の人と踊らなければならない。基本的に、誘われて断るのは失礼にあたるのだ。正直今の状況でアドルフ様と踊ることになったらと思うとぞっとする。

（だから、ハロルド様はこんな方法を……）

親公認の恋人や婚約者でなければ、〝連続で〟踊ることはできない。しかも婚約者であっても、最初の三回のダンスを終えてしまえば、連続で踊るのは、はしたないこととされている。

けれど裏を返せば、〝連続でなければ〟何曲一緒に踊ってもいい、ということになる。賢い恋人たちは、こうして自分の想う相手と何度も踊っているらしい。

（けれど、これではノーディア殿下が他の方々と交流する機会を奪うことになってしまうわ……）

様々な国の高位貴族子息が集まっている場だ。ノーディア殿下も一国の王太子として交流を図りたいのではないだろうか。

ふとそんな疑問が浮かんだわたしに、ノーディア殿下は軽やかに微笑んだ。

「俺のことなら心配しなくていいぞ。むしろ面倒な社交から解放されてほっとしているからな」

「そうなのですか……？」

驚くわたしに、ハロルド様がため息交じりに口を開く。

「マリ、ノーディアは自分の気に入った人間以外と話すのが好きではないんだ」

「ああ、見知らぬ令嬢とのダンスなんて、俺には拷問に近い……中身のない会話に、強い香水の匂いで、ただ頭が痛くなるだけだ」

わざとらしく顔をしかめながらも、ノーディア殿下は記入欄が埋まったダンスカードを見て苦笑する。

「まあでも、公爵ともあろう者が、こんな方法をとるとは、と思いはしたが……マリーアンネ嬢のためにもなるし、なにより俺とリアがマリーアンネ嬢と踊れるんだ。喜んで手を貸そう」

「俺は、全曲マリと踊ってもよかったんだがな……」

「婚約者に横恋慕されて腹が立つのはわかるが、後々余計な火種を招かないためにも落ち着け」

「え？　ハロルド様、怒っていらっしゃったのですか……？」

大真面目な顔でノーディア殿下と話すハロルド様に、思わずそう言って首をかしげた。そんなわたしの様子に、今度はハロルド様がため息をついて、ノーディア殿下は吹き出した。

「ふ、ははっ……マリーアンネ嬢、この男はあなたが思っているより心が狭い男だぞ。あなたとミレストン令息の話を知った途端、俺に人を寄越して、今回の件を頼んできたくらいだからな」

「……心が狭いかどうかは別として、大事な婚約者にあんな不愉快な噂が立ったのだから、怒るのは当然だろう……ただ、それをマリに知られる必要はなかっただけだ」

（そうだったのね……）

どこか拗《す》ねた様子で視線を逸《そ》らすハロルド様がなんだか可愛くて、思わず笑ってしまう。

「とにかく、今日は俺たちから離れずにいてくれ」

「ああ。そうしてくれるとリアも喜ぶし、頼むよマリーアンネ嬢」

「はい、かしこまりました」

わたしたちは笑みを交わし合いながら、嬉しそうにケーキを選んでいるユーティリア様のもとへ向かう。

その途中、会場に王太子殿下とエリアーナの到着を報《しら》せる声が響き渡った――

クロード殿下とエリアーナが会場に入ったことで、パーティー会場が本格的に社交場の色を帯びる。

殿下たちのそばには、挨拶をしたいとたくさんの令嬢令息がつめかけていた。

わたしはそれを、ハロルド様たちと一緒に少し離れた場所から見守る。

「へえ……妹君は、なかなか様になってきたじゃないか」

「マリが頑張って指導しましたからね」

「ああ、そういえばマリーアンネ嬢が教育係をしていたのだったな。ならあの出来もうなずける」

ノーディア殿下は感心したように言うと、興味深そうに目を細めてこちらを見た。

「うーん、やはり公爵夫人にしておくには惜しい人材だな……」

「ノーディア殿下……それ以上おかしなことを言うなら、この場からつまみ出しますよ」

正式にパーティーが始まったからか、ハロルド様はノーディア殿下に対しての言葉遣いを改めている。

（でも、話している内容はそのままなのよね……）

ふたりの様子に笑みをこぼしていると、ユーティリア様がわたしの手を引いた。

「ねえお姉さま、あの方がお姉さまの妹君なのよね」

「ええそうです。あとでご挨拶にあがると思いますが、エリアーナと申します」

「エリアーナさま……ターシャを大事にしてくださるかしら」

ぽつりと呟かれた言葉に、わたしは胸がきゅっと締めつけられるのを感じた。

ターシャというのはハークの王鳥である大きな鷲《わし》に似た鳥だ。この建国祭の折に、エルディニアの次期王となる者の婚約者——つまり、エリアーナに贈られることになっている。

（あんなに仲よしなのだもの、心配になって当然よね……）

ユーティリア様の瞳が、不安と寂しさに揺れているような気がして、わたしはそっと彼女の手を包むように握る。

「わたしの言葉など気休めにしかならないかもしれませんが……ターシャのことは、わたしも折々に見るようにいたします。その度に、ターシャの様子をお手紙でお報《しら》せいたしましょう」

自分にはそれくらいしかできないけれど、この小さな王女様の寂しさが少しでも晴れるなら、できることをしたいと思う。

国のために大事な友人を置いて帰らなければならない彼女の心を思えば、それくらいのことはなんてことない。

「ありがとう、マリお姉さま」

「いいえ、どういたしまして」

（少しは、お心が晴れてくれればいいのだけれど……）

まだ寂しそうなその横顔に、なんとも言えない無力感のようなものを感じていると、ふいにこちらへ近づいてくる人の気配を感じて、わたしは顔を上げた。

「マリ……」

「ハロルド様……？」

彼の表情は笑顔なのに、さっきまでとは明らかになにかが違う。困っているような、焦っているような……とにかく、なにかがあったことだけはすぐにわかった。

彼のそばには、同じような表情のノーディア殿下と、いつの間にやってきたのかバルドの姿もある。

今、彼が――ハロルド様がこんな様子を見せる理由といえば、思い当たる節はひとつしかない。

「もしや、例の件でなにかあったのですか……？」

小声で問いかけるわたしに、ハロルド様は軽く目を見張ったあと小さくうなずいた。

「彼が……ノーディアの滞在している屋敷の裏庭で倒れていたと報告があった」

「……！」

『彼』というのは、もちろんセントーニ博士のことだろう。

状態がどうなのかまでは、ハロルド様もよくわかっていないらしい。けれど、最初に連絡を受けたであろうノーディア殿下の表情は、なんとなく厳しい。

「それなら、わたしに構わずお戻りください」

「しかし……」

（わたしのことを心配してくださっているのね……）

けれど、事態は急を要するかもしれない。だったら、わたしのことなど構っている場合ではないだろう。

「わたしのことなら、心配いりません。ダンスカードはおふたりのおかげでもう埋まっていますから、なにか聞かれてもどうにか誤魔化せます」

「なあに？　お兄さまたち、なにかご用事なの？」

そばで話を聞いていたらしいユーティリア様が、不思議そうな様子でこちらを見上げてきた。

そんなユーティリア様に、ノーディア殿下が目線を合わせるようにしてしゃがみ込む。

「リア、俺とハロルドは急用で少し席を外さなければならなくなってしまった。だから、俺たちの代わりにマリーアンネ嬢についていてくれるか？」

「ええ、構わないわ。お姉さまと一緒にいられるならわたしも安心だもの」

「念のためにバルドを置いていくから、なにかあれば彼に言伝《ことづて》を頼んでくれ」

「ええ、わかりました」

頬に軽くキスをして、ハロルド様はノーディア殿下とともに足早に会場を出ていく。

（セントーニ博士、どうかご無事で……）

「お姉さま、こんなところにいらしたのね」

一抹《いちまつ》の不安が胸をよぎるのを感じていると、一通り来客への挨拶を終えたらしいエリアーナが、クロード殿下に伴われて、こちらへ歩み寄ってきた。

（ハロルド様たちが席を外したことは、誤魔化しておいたほうがよさそうね）

「クロード殿下、エリアーナ……こちら、ハーク王国のユーティリア王女殿下です」

「ああ、あなたがノーディア殿下の妹君ですね。ご挨拶が遅くなりました、クロード・エルディニアです」

「クロードさまの婚約者のエリアーナ・クラリンスと申します」

「ふふっ、ご丁寧にありがとうございます。ハーク王国の王女、ユーティリア・クロビディス・ハークです。以降お見知りおきくださいませ」

ユーティリア様も、なんとなく状況を察してくれているのか、ふたりがいないことについては触れずに会話を進めていく。

（このまま、静かにパーティーが終わればいいのだけれど……）

状況が状況なだけに、思わずそんなことを願わずにはいられなかった。

◆　◆　◆

セントーニ博士発見の報《しら》せを受けて、俺はノーディアとともに彼の滞在している屋敷へ向かっていた。

「ノーディア……お前はどこまで状況を把握しているんだ」

「把握、とまではいかないかもしれないが……まあ、外交官が行方不明になっていることくらいは知っている」

（結局、ほとんど全部知られているというわけか……）

よくも悪くも、この国にはハークの医療団が多く滞在している。彼らは水資源提供の交換条件としてエルディニアに来ているわけだが――

（彼らが、自国にエルディニアの情報を漏《も》らさないわけがない）

こればかりは仕方がないことだが、まさかここまで内情が漏《も》れるとは思っていなかった。今回の件は特に、極秘捜査として情報を知る者もごくわずかな人数に限られている。

そんな気持ちが表情に出てしまっていたのだろう。ノーディアがかすかに笑う。

「心配しなくても、城内にまで人を入れ込んでいるわけじゃない。ただ、医師たちの前では人は饒舌になってしまうことがあるというだけだ。心配事がある人間は特にな……」

「……そうか」

それしか答えようがなかった。どう取り繕《つくろ》っても、もう知られてしまっているのだから、下手に隠す必要もない。それにこうなってしまえば、ノーディアを巻き込まざるをえない。

「とにかく……詳しい話は、彼の無事を確認してからだ」

ちょうど屋敷に到着して、馬車が停まる。素早く開かれた扉の外には、すでにこの件に関わっている人物たちが、どこか不安そうな面持ちで待ち構えていて――

「状況は芳《かんば》しくないらしいな……」

ノーディアのその言葉に、苦虫を噛み潰したような気持ちになりながら、足早に屋敷の中へ進んだ。

「それで、容態はどうなんだ」

「はい、殿下……かなり衰弱しておられます。ここ数日が山場となるでしょう」

案内された屋敷の奥の客間で、セントーニ博士はベッドに寝かせられていた。

体は拭き清められたらしいが、頬や額に擦《す》り傷や切り傷があるのがわかる。

「衰弱している以外に、なにか外傷は？」

「背中に大きな切り傷が……」

「切り傷か、わかった……手当てを続けてくれ。容態に変化があれば、すぐに連絡を」

「かしこまりました、殿下」

「……ノーディア、少しいいか」

「ああ」

濃い消毒液の匂いが漂う部屋を出て、近くのティールームへ場所を移す。お茶の準備を終えたメイドを下がらせてから、俺は話を切り出した。

「今回の件は、外に漏《も》れないようにしてほしい」

「わかっているさ。あの男がここにいること自体を隠してほしいのだろう」

「話が早くて……」

「その代わり、俺にも協力させろ」

「は？」

思いもよらない言葉に固まっていると、ノーディアは優雅な動作で紅茶をひとくち飲んでから、完璧に作り上げられた表情でニコリと微笑む。

「あの男、セントーニといったか……あれは、メイトリア方面担当の外交官だろう？　別にお前たちの調査を邪魔するつもりはないが、俺たちも情報が欲しい」

「……そういうことか」

今現在、メイトリアとハークは微妙な関係だった。同盟国でも、友好国でもない。ただ、エルディニアを挟んで、時折交易するだけの関係だ。

有り体に言ってしまえば、得体の知れない国同士と言ったところだろうか。

だからこそ、相手の情報が欲しいというのもあるのだろうが、きっとそれは建前だ。兎にも角にも、この事態の真相と今後の行く末を確認しておきたいのだろう。

ノーディアのもつ情報網をもってすれば、協力などせずとも真相を知ることはできるはずだが。

(それでも、俺の顔を立てて今の提案をしている……ということか。まったく、抜け目ないな)

やはり、ノーディアのことだけは敵に回したくない。

「ハロルド……沈黙は肯定とみなすが、構わないのか？」

「……最初から、断らせる気などないのだろう」

「はは、まあ……そう取ってもらっても構わないさ」

軽やかに笑いながら言うノーディアに、俺はわざと大きなため息をこぼしてから口を開いた。

「…………猫の手も借りたい状況だからな、存分に働いてもらうぞ」

「手ならたくさんあるからな。いくらでも貸してやる」

（まったく……）

なんとなく薄ら寒い気分にもなるが、今の俺にはノーディア以上に頼もしく信頼できる相手はいない。

（マリも心配していたし、あとでセントーニ博士のことを報《しら》せなければな……）

久々にともに過ごすはずだった最愛の婚約者のことを思い浮かべながら、俺はこのあとの算段を頭の中で組み立てるのだった。

第六章

ハロルド様と、ノーディア殿下が会場を出ていったあと、わたしはユーティリア様に頼まれたこともあって、一緒に王宮の庭園を散策していた。

「ユーティリア様、寒くはございませんか？」

「ふふ、大丈夫よ！　むしろ、ハークは年中暑いから、こういう寒さはとても新鮮だわ」

冬の冷たい空気に、ユーティリア様は頬と鼻先を赤く染めながら、無邪気に庭園を走り回っている。きっと言葉通り、この寒さが新鮮で楽しいのだろう。けれど、このままでは体調を崩してしまう。

「楽しんでいただけるのは嬉しいですが、あまりお身体を冷やしすぎてはいけません。お風邪を召されては大変です。バルド、ユーティリア様の上着はあるかしら？」

「はい、こちらに」

バルドから厚手の上着を受け取って、ユーティリア様に着せかける。彼女は大人しく袖《そで》を通すと、満足そうに微笑んだ。

「ふふ。ありがとう、マリお姉さま。この服、ふわふわしていてとても温かいのね」

厚手の上着も珍しいのだろう。ユーティリア様はその場でクルクルと踊るように回ってみせる。

(ノーディア殿下が席を外してしまって、不安に思っていらっしゃるかと思ったけれど……大丈夫そうでよかった)

楽しそうに庭園の花々を見て回るユーティリア様の姿に、ほっと胸を撫《な》で下ろしながら、わたしも彼女のあとに続いていく。

しばらく冬の庭園を楽しみながら進むと、ハロルド様との思い出のガゼボに辿り着く。するとユーティリア様が、少し興奮気味に声を上げた。

「わぁ……ここ、前にハロルドさまが妖精に会ったと言っていた場所にそっくりだわ」

「妖精ですか……？」

「……っ」

ユーティリア様の言葉に、バルドがなぜか口元を覆《おお》って下を向く。

(どうかしたのかしら……?)

具合でも悪くなったのかと心配になったけれど、すぐに元に戻ったのできっと大丈夫なのだろう。

むしろニコニコしはじめたのが気になりつつ、とにかくユーティリア様の言葉に耳を傾けた。

「あのね、昔……ハロルドさまはここで休んでいる妖精を見つけて、自分の上着をかけてあげたことがあるんですって」

「妖精に、上着……」

(それって……)

なんとなく、バルドがうつむいた理由がわかった気がする。同時にじんわりと、わたしの頬も熱くなってきた。

「以前、ハークにいらしたことがあって、そのときにその妖精の話をたくさん聞かせてくれたのよ。光の束みたいな銀の髪が、ハッとするほど美しくて……って、そういえばマリお姉さまも妖精と同じね！　とっても綺麗な銀の髪！」

嬉しそうに話すユーティリア様はどこまで無邪気で、気恥ずかしさにどうにかなってしまいそうなわたしの内心など、気がついてはいないだろう。視界の端では、バルドが再びうつむいて、かすかに肩を揺らしている。

(……ハロルド様)

このときばかりは、最愛の婚約者を少しだけ恨《うら》めしく思う。

彼としては、きっと幼い王女におとぎ話でもするように話したことなのだろう。そして、ユーティリア様もただそれを覚えていただけ。

ハロルド様も、まさか本人を前にこんな話をされるとは思ってもみなかっただろう。

（まして、ハロルド様が最後にハークに行ったのは、わたしと婚約をする前だものね……）

どうにもならない恋心を吐き出すには、物語として話して聞かせるのがちょうどよかったのかもしれない。

「ねえ、マリお姉さま。前から聞きたいと思っていたことがあるのだけど……」

「なんでしょうか？」

「マリお姉さまと、ハロルドさまのなれ初めを教えてくれないかしら！」

「なれ初めですか……」

（この流れで、それを話すのは……）

正直とっても気恥ずかしい。妖精云々の話はしないにしても、羞恥心は拭えない。

（それに、話すには少し複雑だわ）

ノーディア殿下は婚約者交換の件を知っていた。けれどユーティリア様の表情を見る限り、事実は聞かされていないのだろう。

瞳を輝かせてこちらを見てくるということは、恋物語のような展開を期待しているのかもしれない。

「ハロルドさまとお姉さまって、とても仲睦《なかむつ》まじいでしょう？　だからお聞きしたいと思ったの……ダメ、だったかしら？」

「いえ、ダメなんてことはございませんよ……」

（さて、どう話したものかしら）

「どこからお話ししましょうか」

　言葉を選びながら、わたしはユーティリア様と並んで庭園を進む。冬晴れの、冴《さ》えるような空気を感じながら、わたしは簡単に婚約へ至るまでのことをユーティリア様に説明した。

「……まあ、それじゃあエリアーナさまと婚約者を交換したってことなのね。わたし、てっきりおふたりははじめから相思相愛で結ばれたのだと思ってたわ」

「婚約してから、互いの気持ちを確かめ合って相思相愛になったのです」

（嘘はついていないわよね）

　チラリとバルドに視線をやると、彼は満足そうに微笑んでいる。

「婚約してから、恋に落ちることもあるのね……わたしも、そんな方とご縁が結ばれるといいのだけれど」

「ユーティリア様ならきっと、素敵なご縁に恵まれると思いますよ」

「そうなればいいとは思うけど……わたしは王女だから、自分の思うままに婚約できないことは、ちゃんとわかっているの。だから、あまり期待はしていないわ。お父さまも、お母さまも……わたしの気持ちには興味がないから」

　ユーティリア様は淡く微笑むと、少し離れた場所に咲く花を見つけて駆けていく。

　彼女も王族だから、恋愛結婚というのは難しいだろう。けれどできるならば、愛し愛される結婚をしてほしい。まだ何者にも縛られていないように見えるユーティリア様だからこそ、そんな風に思ってしまうのかもしれない。

自由に庭園を駆け回る彼女の姿に、少し物寂しさのようなものを感じていると――

「……マリーアンネお嬢様」

ふいに呼びかけられて振り向くと、バルドの硬い表情が目に入った。

「バルド、どうしたの？」

「あちらを……」

「え？」

バルドが示す方向に視線を向けると、人影が目に入る。

(あれは、アイズ先生……？)

普段とは違う、パーティー用のドレスに身を包んだアイズ先生が、少し離れた場所から、こちらを見ていた。

わたしと目が合うと、なにか言いたげな表情で軽く会釈をする。

「お嬢様……どうなさいますか？」

「そうね……」

今、わたしはユーティリア様とともに過ごしている。

これは同盟国の王女をもてなしているということだ。

他にも人がいればこの場を離れることもできるが、あいにく、今はわたしとユーティリア様のふたりきり。特別急ぎの用事でない限りは、この場を離れるべきではない。

「バルド、アイズ先生の用件を聞いてきてもらえるかしら」

「かしこまりました」

バルドは足早にアイズ先生のもとへ向かうと、二言三言言葉を交わして、すぐにこちらへとって返してきた。

「お待たせいたしました。なにやら、王妃様からの言伝《ことづて》を預かってきたとのことで、至急お伝えしたいとのことでございます」

「王妃様からの……」

今日がパーティーということは、王妃様もご存じのはずだ。だから、本当に急ぎの用事でない限り、こんな風に言伝《ことづて》を頼むことはないだろう。

ユーティリア様には申し訳ないけれど、どうやら行かなければならない状況らしい。

「バルド、ユーティリア様をパーティー会場までお連れしてくれるかしら？」

「しかし、お嬢様をおひとりにするわけには参りません」

「でも、王妃様からのご用事だそうだし……内容によっては、御前に出向かなければならないと思うの」

「でしたら、ルリカ殿を呼んで参りましょう。今のこの状況でおひとりにしたとなれば、私が旦那様にお叱りを受けます」

ハロルド様から言い含められているのか、バルドは頑《かた》なな様子で首を横に振る。そんなわたしたちの会話が聞こえたのか、アイズ先生がおずおずと声をかけてきた。

「あの……お話に割って入ってしまい申し訳ございません。王妃様は、マリーアンネお嬢様に内々にお話ししたいことがあるとのことでした。ですので、お付きの方はどのみちご一緒できません」

「……」

アイズ先生の言葉に、バルドは困り果てたような表情になる。けれど、いかに公爵家の執事とはいえ、王妃様相手ではどうすることもできないのだろう。最後には渋々といったようにため息をついた。

「王妃様の仰せであれば仕方ありません……しかし、行先だけはお教えいただけますか。旦那様より、マリーアンネお嬢様の安全を一時的にでもお任せいただいている身として、把握しておく義務がありますので」

「王妃様は、温室でお待ちでございます。そのままそこでお話しになるかは、わたしにもわかりかねます」

「温室に向かわれるのですね。承知いたしました。ユーティリア様をお送りしたら、そちらに向かいます」

バルドが言い終わるのを待っていたかのように、ユーティリア様がこちらに駆け寄ってくる。

「難しいお顔をしているけど、どうかしたの？」

キョトンと首をかしげるユーティリア様に、わたしは申し訳なく思いながら頭を下げる。

「ユーティリア様、申し訳ございません。用事ができてしまったので、少しの間おそばを失礼してもよろしいでしょうか？」

「お姉さまはお忙しいのね……わたしは大丈夫だから、ご用事を済ませてきて」

「ありがとうございます。すぐに戻ってまいりますので」

「ええ、わかったわ」

快《こころよ》くうなずいてくれたユーティリア様は、バルドとともに会場のほうへ戻っていく。その後ろ姿を見送ったあと、わたしはアイズ先生に向き直る。

「アイズ先生、王妃様は温室にいらっしゃるのですよね」

「…………」

「アイズ先生？」

押し黙るアイズ先生の様子に首をかしげつつ、ひとまず王妃様が待つという温室へ向かおうと、歩き出したそのときだった。

「……っ！」

背後から忍び寄ってきていたらしい誰かに、布で口元を覆《おお》われる。

驚き暴れるけれど、わたしを押さえ込む力はとても強い。

（こうなったら……）

なんとか声を上げようと息を吸い込むと、同時にツンとしたような刺激臭が鼻をついて――

「マリーアンネ嬢、恨《うら》むなら貴女《あなた》のそばを離れたメイヤー公爵を恨《うら》んでください」

（この声は……アドルフ、様……）

低く囁《ささや》くようなその声を最後に、わたしの意識は闇の中に吸い込まれていった。

◆◆◆

「セントーニに同行した騎士は、無事にここに連れてきたぞ」

「助かる。ブルーウィントンからの報告が届き次第、事情を聴きに行くと伝えてくれ」

俺の言葉に、ノーディアは軽く首だけを動かして騎士のもとへ人を走らせた。

その様子を見て、やはりノーディアに協力を頼んでよかったと心底実感する。

とりあえず諸々の調査の準備が整っていることに、少しだけ肩の力が抜けるのを感じていると、窓から差し込む日差しが赤く染まっているのに気がついた。ノーディアも気がついたのか、近くのソファに腰を下ろしながら目を細めて口を開く。

「ああ、もうこんな時間か……そろそろパーティーも終わった頃かな」

「そうだな。ユーティリア様も、間もなく戻られるだろう」

そんな話をしながら、窓から差し込む赤い光に妙に胸が騒ぐのを感じる。

(なんだ……？)

セントーニの治療も、調査に関しても、今のところノーディアが協力をしてくれたおかげで、かなり順調に進んでいる。なのに、なぜかジワジワと、なんとも言えない不安のようなものがせり上がってきて、俺は無意識に、手首についている赤いブレスレットに触れた。

「ノーディア……ユーティリア様とともに、マリもここへ来るよう内密に手配してもらうことはできるか？」

「別に構わないが……マリーアンネ嬢は講師の制約とかで、今は王宮から出られないのではないのか？」

「……だから内密にしてほしいんだ。何事もなければいいんだが、なんだか少し気になってな」

「まあ、お前がそこまで言うなら連絡しておくが……すれ違いになるかもしれないぞ？」

「それならそれで構わない」

（彼女が無事であることを確認さえできれば、それで……）

そう答える俺にうなずいて、ノーディアは近くの侍従に言付ける。

「ただでさえ忙しいのに、悪いな」

「いや、お前がそんな不安そうな顔をしているのは珍しいからな」

「不安そう、か……」

自分でも、こんなに理由なく不安になるのは初めてだ。

夕日のせいで感傷的になっているだけならいいのだが、それにしては胸がざわめく。

（なにもなければいいが……）

そんなことを考えながら、目の前の書類に視線を戻したときだった——

「お兄さま！　ハロルドさま！」

これまでにないほど慌てた様子で、小柄な女性が部屋に飛び込んできた。

「ユーティリア様……？」

「……リア？　どうしたんだ、そんなに慌てて……」

髪が乱れ、ドレスの裾《すそ》が汚れているのにも構わずに、ユーティリア王女は今にも泣き出しそうな表情でノーディアに縋《すが》りつく。

「お姉さまが……マリお姉さまが……」

「ユーティリア様……彼女に、マリになにかあったのですか……？」

声が震え、背筋に嫌な汗が流れる。

さっきまで気のせいだと言い聞かせていた不安が、一気に現実味を帯びて襲いかかってきた。

「わたしにも……事情はわからなくて……でも、庭園で別れたあと、全然会えなくて……」

「会えなくなった……？　マリーアンネ嬢の行方が知れないということか？」

ノーディアの問いかけに、ユーティリア王女は弱々しくうなずいた。

「捜したの……バルドやルリカと一緒に。でも、どこにもいなくて……」

この場の緊張感に耐えきれなくなったのか、それとも不安からなのか、ユーティリア王女の瞳からはボロボロと涙がこぼれはじめた。

「リア、気持ちはわかるが、泣くのはあとだ……なにがあったのかきちんと説明しなさい」

低く、威厳すら感じる声が、涙に濡れる幼い王女をたしなめる。いつもの自分ならノーディアをなだめるところだが、今はそんな余裕がない。

さすがのユーティリア王女も、それはわかっているのか、必死に涙を堪えて話そうとする。

「パーティーの、途中で……庭園に出向いて、そこで……お姉さまが女性に呼び止められたの」

「女性……？」

王女の言葉に、俺とノーディアは顔を見合わせて首をかしげる。

そこへ、マリのそばにいるように言いつけていたはずのバルドが姿を見せた。その後ろには、マリ専属のメイドであるルリカの姿もある。

「旦那様……」

バルドの苦しげな表情が。ルリカの焦りと心配を含んだ眼差しが。俺によくない確信だけを与えてくる。

けれど、不安に押し潰されている場合ではない。マリになにがあったのか、正確に把握しなくてはならないのだ。

「バルド……ユーティリア王女が言う女性とは誰だ」

「……アイズ・モーリア伯爵令嬢です」

絞り出すようなバルドの声には、後悔の念が色濃く滲《にじ》んでいた。バルドのそんな声を聞くのは初めてで、虚《きょ》を衝《つ》かれたような気分になる。そんな俺の様子に気づいているのかいないのか、バルドは自身がわかる範囲での情報を聞かせてくれた。

「先ほどユーティリア王女殿下がおっしゃった通り、庭園を散策中にマリーアンネお嬢様が、モーリア伯爵令嬢に呼び止められました」

「用件は？」

「王妃様が内々にお呼びとのことで……我々の同席は許されないと聞いたお嬢様は、私にユーティリア王女をパーティー会場へお連れするようにとおっしゃいました」

「それで、マリのそばを離れたか……」

「申し訳ございません。王宮内でのことでもあり、まさかこんなことになるとは思わず……全ては私の不徳の致すところです」

「……いや」

むしろバルドの行動は正しい。一国の王女を放っておくわけにはいかないし、マリにはモーリア嬢が一緒で、行き先も王妃のいる場所と明確だった。

「しかしそれなら、行方知れずではないんじゃないか？　内々の話とやらが長引いていて、たまたま姿が見えないだけとか……」

ノーディアのそんな意見に、バルドは首を横に振って見覚えのあるネックレスを取り出した。

「これは……」

俺が想いを告げた際、マリに送ったネックレスだ。

彼女の瞳と同じ輝きを持つ宝石を、見間違えるはずがない。

「マリーアンネお嬢様を捜している最中、こちらを見つけました。ルリカ殿の話では、本日お嬢様が身につけていたもので間違いないと……」

「偶然が重なったとは言えないのか？」

ノーディアが可能性を見いだそうとするかのように、慎重な口調で言った。

けれど、マリの専属メイドであるルリカが即座に否定する。

「お嬢様はそのネックレスをことのほか大事になさっておられました。公爵からいただいたものだから、と肌身離さず身につけていらっしゃったのです」

「それなら余計に、落としてしまった可能性もあるだろう」

そんなノーディアの言葉に、ルリカは即座に首を横に振った。

「公爵はご存じかと思いますが、このネックレスの留め金は少し特殊で、簡単に外れるようなものではありません。外れるようなことがあったとするなら……」

彼女が激しく暴れるようなことがあったということだ。

「……これは、本格的にまずいことになってきたな」

深刻さを含んだノーディアの声が、いやに部屋に響く。

「……そのモーリアというヤツと王妃に、確認はしたのか？」

しばらくの沈黙のあとに、ノーディアは重々しい口調でそう言った。

たしかに、最後に会ったのが彼女で、出向いた先が王妃のもとだというのならそこを確かめるのが筋だ。しかし、難しい表情のままのバルドがそれに待ったをかける。

「ここに来る前に、モーリア嬢にも王妃様にもお話を伺いましたが、話を終えて帰ったとおっしゃっておりました」

「ええそうだったわ……王妃様にはわたしが会いに行ったのだけど、少し話しただけでパーティーに戻ったって」

「……そうですか」

「どうするつもりだ、ハロルド」

義姉上《あねうえ》やモーリア嬢が本当のことを言っていようがいまいが、『帰った』と言われたのなら、それ以上追及するのは難しい。しかし、このまま手をこまねいているつもりはない。

「一国の侯爵令嬢が……しかも俺の婚約者がいなくなったんだ。兄の力を借りるには十分な理由だろう」

「まあ、それしかないか……」

「俺はこのまま陛下のもとへ出向く。すまないが、ノーディアはバルドと一緒に引き続きセントーニの件を頼みたい」

俺の言葉に、ふたりはうなずいてくれる。自分が一番頼りにできるのが、他の誰でもなく他国の王太子しかいないことに、なんとなく皮肉めいたものを感じながら、俺は早速行動を開始した。

「バルド、ひとまず先にルリカを王宮へ送ってやれ。もしかすると、マリが入れ違いに部屋に戻っているだけという可能性もあるだろう」

「かしこまりました」

「ルリカは、なにかあればすぐに報告をしてくれ。くれぐれも、先走った行動は起こさないように」

「はい…………公爵、どうかお嬢様をよろしくお願いします」

「ああ」

深くうなずくと、俺は部屋を出て、兄がいるはずの王宮へ向かった。

「――……マリーアンネ嬢が？」

俺がことのあらましを説明すると、兄は驚きと焦燥《しょうそう》が滲《にじ》んだような表情で口元を手で覆《おお》う。

「セントーニが見つかったと思った途端、こんなことになるとは……」

憔悴《しょうすい》しきった兄の様子に、こちらまで胸が痛くなる。

それも仕方がないだろう。マリがいなくなったのは、この王宮内なのだ。

しかも当時は王太子主催のパーティーが行われていて、各国の貴族の子弟が来ていたこともあって警備も厳重。

それなのに、侯爵家の令嬢が忽然《こつぜん》と姿を消した。

それも、王妃と会ったのを最後に。

この状況が示す可能性はふたつだ。

警備の厳しい王宮に賊《ぞく》が入る可能性は低い。だから『王宮に入ることが可能な者』に連れていかれた。

でなければ、王妃がなんらかの事情でマリを隠している。

どちらにしても兄上――王にとっては苦しい状況だろう。

「兄上、マリ捜索のための人員を割《さ》いていただけませんか？　セントーニ博士の件もあって、人手が足りないのです」

公《おおやけ》にしなくても、とにかく今はひとりでも人手が欲しかった。

「状況はわかった。人手は貸そう……状況がわからない以上、私の私兵から人を出す。こちらもひとまずは内密に動いたほうがいいだろう。お前は今ハークの王太子殿下のところにいると言っていたな。今後の連絡は全てそこでいいか？」

「はい。ありがとうございます」

俺も動揺はしているけれど、兄もきっと同じか、それ以上の心境だろう。

もしかすると、セントーニの件にも、マリの件にも、義姉上《あねうえ》が関わっているかもしれないのだから。

「ひとまずはこの件も、秘密裏に進めさせていただきます。兄上はあまりご心配なさらず」

「……すまない。本当にお前にばかり心労をかける」

その言葉に答えることはせずに、俺は曖昧《あいまい》に微笑んで兄のもとを後にするのだった。

◆　◆　◆

「ノーディア殿下」

「ああ、やっと来たか……」

ハロルドが王宮へ向かい、バルドがマリのメイドを送りに行った束の間の時間。

俺は医療団の一員としてエルディニアに送り込んでいた部下を呼び寄せた。

「急がせて悪いが、時間がないから手短に頼む」

「かしこまりました……簡潔に申し上げると、殿下のご懸念《けねん》通りでございました」

「……いつからだ」

「詳細はまだ……しかし、かなり前からであることは間違いないようです」

「わかった。引き続き調査を続けてくれ」

「はい」

部下が部屋を出たのを見送ってから、俺は小さくため息をついた。

「……厄介なことになっているとは思ったが、まさかここまでとはな」

本当なら、他国の事情にここまで首を突っ込むべきではないのだろう。けれど今回は、ここまで来てしまった手前、引くに引けない。

(それに、友のためでもあるしな……)

ハークでは見かけない、厚い冬の雲に覆《おお》われたエルディニアの空に小さくため息をついて、俺は落ち込む妹を慰《なぐさ》めるべく、部屋を出るのだった。

◇　◇　◇

「……ん」

パチリと、薪《まき》の爆《は》ぜるような音が聞こえて、わたしはゆっくりと瞼《まぶた》を持ち上げた。

(ここは……)

ぼんやりとした頭で、ゆっくりと自分がいる場所を確認する。もう陽が暮れているのか、厚手のカーテンは閉め切られ、部屋の奥にある暖炉には火が入っている。おかげで寒さは感じないけれど、見知らぬ部屋にいるという不安で背筋が寒くなった。

(わたし、どうしてこんなところに……)

軽く痛む頭を押さえながら、ふと自分の記憶を辿る。

アイズ先生に呼ばれ、彼女とふたりきりになった途端、誰かに背後から口を塞《ふさ》がれて……

(気がついたらここに……)

とっさに思い出したのは、ユーティリア様のことだった。

(バルドとともに会場に戻ったはずだから大丈夫だとは思うけれど……)

彼女が巻き込まれていないことを願いながら、わたしはゆっくりとベッドから立ち上がった。

床に下ろした足は、毛足の長い絨毯《じゅうたん》に包まれて冷たさは感じない。

攫《さら》われたのはたしかだと思うけれど、その相手が賊《ぞく》ではないということだけはわかった。

(でも、だとしたら誰が……)

ふと思い出すのは、意識を奪われる直前に聞こえた声。

『マリーアンネ嬢、恨《うら》むなら貴女《あなた》のそばを離れたメイヤー公爵を恨《うら》んでください』

(あれは……アドルフ様の声、だった……)

とにかくこの部屋から出てみようと、一番そばの扉のノブに手を伸ばす。けれど、ノブは回ることはない。

（カギが、かかってる……）

攫《さら》われた以上、一筋縄で逃げられると思ってはいなかった。とにかくなにか情報を得たくて、今度は窓のほうへ向かう。厚手のカーテンを開けると、予想通り陽はとうに暮れていた。

（こっちは開くのね……）

できるだけ音を立てないようにしながら、バルコニーへ続く掃き出し窓を開ける。吹き込んできた冷たい風が、ぼんやりとした頭をスッキリさせてくれた。

（高い場所……）

手すりの隙間から下を覗いてみると、飛び降りるには高すぎる場所で、逃げられそうにない。

それに、この建物の周りは森に囲まれているらしい。ここから見える範囲だけでも、鬱蒼《うっそう》とした木々が夜の闇をさらに濃くしているようだった。

逃げ道はなく、ここがどこかもわからない。押し寄せる不安に、心が押し潰されそうになるのを感じながら、ひとまず部屋に戻り窓を閉める。

暖炉の前に用意されている椅子に腰かけて、冷えた身体を温めながら、わたしはじっと考えを巡らせた。

（少なくとも、この件にはアイズ先生が関わっている……）

けれど、彼女の後ろに誰かがいるのはたしかだ。

わたしが攫《さら》われた時間は昼過ぎ。どれくらい眠っていたかはわからないけれど、身体の感覚からして、少なくとも日付は変わっていないはずだ。そうなると、移動距離はそこまでではないだろう。

（おそらく、王都から離れていないはず……）

パッと見ただけだけれど、王都近郊にこれだけの規模の屋敷を持てる貴族は限られている。

しかしモーリア伯爵家には、ここまでの屋敷を持てる財力はないはずだ。

というか、わたしの頭にはすでにある貴族の名前が浮かんでいた。

「まさかとは思うけど……」

「なにがまさかなの……？」

「……！」

唐突に聞こえてきた軽やかな声に、わたしは思わず椅子から立ち上がって振り返る。

そこに立っていたのは――

「エリアーナ……」

困惑するわたしとは裏腹に、妹はとても楽しそうに微笑んでいた。

どうしてここにいるのか。

ここはどこなのか。

なにが起こっているのか。

聞きたいことはたくさんあるけれど、わたしが言葉を発する前に、エリアーナはまるで歌でも歌い出しそうな様子で話し出す。

「お姉さま、驚いているのね。まあ、突然見知らぬ場所に連れてこられたのだし、気持ちはわかるわ。でも安心して、悪いようにはしないから……お姉さまが、わたしたちのお願いを聞いてくれれば、ね」

「お願い……？」

「ええ」

エリアーナは、足取りも軽やかにこちらへ近づいてくると、わたしの手を取った。

「難しいことじゃないのよ。ただね、お姉さまにずっとわたしのそばにいてほしいだけなの」

「それは……」

（どういうこと……？）

エリアーナが突飛《とっぴ》な発言をするのはいつものことだ。けれど、今の言葉は正直意味がわからなかった。

互いに婚約者がいる以上、『ずっと一緒』なんて叶うはずがない。そんなわたしの様子をどう思ったのか、エリアーナは笑みを深める。

「大丈夫、心配いらないわ。全部王妃さまにお任せすれば問題ないから！」

「王妃、様……」

頭のどこかではなんとなくわかっていた。アイズ先生が王妃様の名前を出してわたしを呼び出し、こんな大きな屋敷で目を覚ますなんて。

王妃様が関わっているとなれば納得だった。

（でも、理由がわからない……）

わたしを攫《さら》って、ここに閉じ込めて、王妃様になんの得があるのか。

考えれば考えるほどに困惑していると、静かに部屋の扉が開いた。

「まあ。マリ、目が覚めたのね。よかったわ」

優雅なクリーム色のドレスを身にまとい、アイズ先生とアドルフ様を従えた王妃様が、ゆったりとした足取りで部屋に入ってくる。

この状況はなんだろう。

わたしは以外の全員が、どこか満足そうな笑みを浮かべている。

全員知っている人なはずなのに、彼らがなにを考えているのかわからない。

それが恐ろしくて、不気味で、言葉がうまく出てこなかった。

そんなわたしに、王妃様はいつもと変わらない様子で話し出す。

「急なことで驚いたでしょう？　でもこちらとしてもいろいろあって、事情を話している暇がなかったの。ごめんなさいね」

「…………いえ」

なにがどうなっているのかわからない以上、少なくともここで反抗するのは得策ではないだろう。

けれど、少しでも現状を把握しなくてはならない。わからないままだと、このまま状況に流されることしかできないのだから。

苦しいくらいに緊張しながら、わたしは顔を上げて王妃様に視線を向ける。

「……わけがわからないという顔ね」

「はい」

わたしがうなずくと、王妃様は暖炉の前に用意されたもうひとつの椅子に腰を下ろした。

「あなたもかけなさい。お茶でもしながらゆっくり話しましょう」

第七章

もはや拠点となりつつあるノーディアの滞在先に戻ると、難しい表情の友が俺を出迎えた。

「……陛下には報《しら》せたか」

「ああ。私兵から人手も割《さ》いてくれることになった」

「そうか……」

「なんだ、なにかあったのか？」

「……少し話したいことがある。執務室に行くぞ」

ノーディアにしてはなんとも歯切れの悪い態度に首をかしげる俺に構わず、彼は先にずんずん歩き出す。その背を追いかけて執務室へ向かうと、ノーディアは慎重な様子で口を開いた。

「今回の件は、かなり厄介かもしれない……」

「……なにかわかったのか？」

ノーディアが、自分の手の者を使っていろいろと調べているのは知っていた。

だから今さら別に驚くことでもないのだが、珍しく難しい表情をしている様子に、ただただ嫌な予感を覚える。

そんな俺に、ノーディアは表情を変えずに続けた。

「セントーニの件もだが、マリーアンネ嬢の件にも確実に、この国の王妃……アリアローズ・エルディニアが関わっている。……そして、裏にいるのはメイトリアだ」

「……それは、なんとなくわかっていた」

「そうか……」

というか、きっとそうだろうと思っていた。セントーニの件のみであればまだしも、同時期に王妃の周辺でマリが攫《さら》われた。そして、どちらにも共通する点として『メイトリア』が上がってくる。

そうなれば嫌でも目が向いてしまう。

ただ、兄嫁で王妃である義姉《あね》が、この国を裏切るようなことをしていないと、思いたかったのだ。

そんな情のせいで、俺たちの調査は確実におくれを取った。

ノーディアが先に情報を掴んでしまうほどに。

「情けない話だが、俺のほうではまだ詳細が掴めていない。お前のほうで明確な証拠が掴めているなら、教えてほしい」

俺は深く頭を下げる。

王族として、現国王陛下の弟として、本来ならこんな頼み事をするべきではない。

けれどマリが攫《さら》われた以上、一刻の猶予《ゆうよ》も残されていないのだ。

そんな俺に、ノーディアは一呼吸分間をおいてから口を開いた。

「この話を聞けば、お前は……もう後に引けなくなるぞ」

「それは……」

「あの日の俺の言葉を、もう聞かなかったことにはできないということだ」

（……ノーディアの言葉）

それはきっと、以前マリとともに過ごした茶会でのあの言葉だろう。

『俺は、お前にこの国の王になってほしいと思っている』

真っ直ぐにこちらを見るノーディアの眼差しは鋭く、揺らぐことすらない。それほど本気だということなのだろう。それは今起きているこの件がそれほど深刻なのだと、暗に示してもいた。

（もし、それほどの事態なのだとしたら……）

放っておけるはずがなかった。継承権に執着などなく、むしろ王になることで様々なしがらみに縛られるくらいなら、そんなものはないほうがいいとすら思っていた。

だが、俺もエルディニア王国の王族であり、この国に住まう者のひとりなのだ。

それに――

「……それで、マリと国を守れるなら安いものだ」

愛する者のためなら、この身くらい、いくらでも捧げてやる。

そんな覚悟を乗せて言うと、ノーディアは深くうなずいて話し出した。

「メイトリアが、かつて起きた大凶作の影響で、長らく貧困に喘《あえ》いでいたことはお前も知っているな?」

「ああ。うちからも救援物資を送り、難民の受け入れもしている」

メイトリア関連の外交は、クロードが義姉《あね》とセントーニの補助を受けて担っている部分で、俺の担当外だが話はそれなりに聞いている。

「……しかし、近頃では気候も安定して、だいぶ経済状況も回復したと聞いているが……」

「……長年国を蝕《むしば》んだ貧困が、一、二年で取り戻せると思うか?」

(たしかに……)

言われてみればおかしい。ここ一、二年がどんなに豊作だったとしても、難民が出るほどの貧困が続いていて、そんな簡単に回復するはずがない。

それなのに、現在のメイトリアは裕福とまではいかないが、十分に立て直せている。国境のサクリート大橋を架け直す話が上がったのも、両国が互いに資金を出し合える状態になったからだ。

(しかし、今のノーディアの言い方だと……)

「うちからなにかが流れたか」

「ああ……俺のほうで調べた限りのことで言えば、エルディニアの国営鉱山で採掘された鉱石の一部がメイトリアに流れている」

国営鉱山からは、質のいい鉄鉱石が採掘される。エルディニアでも貴重な収入源のひとつだ。

(鉱山の管理を任されているのは、たしか国資源管理部……俺も前に担当したことがあったな)

なにかと神経を使う部署で、書類仕事が多かったのは記憶に残っている。ただ、それもずいぶん前の話だ。俺は着任から数年で業務から身を引いている。

そして入れ替わりで管理部の長に立ったのは――

(グロリア公爵の嫡男……)

点が線になり、どんどんある方向へ繋がっていく。

(いや、しかしまさかそんなことは……)

「目に見えて量が増えたのはここ一、二年のことだが、横流し自体はかなり前からだったらしいな……これは上の者もグルだったのだろう」

「横流しが始まったのは、いつ頃からかわかるか……?」

「おおよそだが……十五年ほど前のようだ」

(それは……)

忘れもしない――クロードの暗殺未遂事件が起きたのと同時期だった。

◇　◇　◇

「あのね、マリーアンネには公爵との婚約を解消してほしいの」

「……え?」

ふたりきりになった部屋で、王妃様はそう切り出した。

なにを言われたのか、理解ができなくて……否、理解したくなくて、ただ紅茶の入ったカップを持つ手が小さく震える。そんなわたしの内心を察したように、王妃様は努めて優しい声音で続けた。

「わかるわ、突然こんなことを言われたら驚くわよね。でもね、エリアーナの願いでもあるし……なにより、クロードのためにお願いしたいの」

「クロード殿下の……？」

あまりうまく働かない頭で問い返すと、王妃様は眉尻を下げ、頬に指先を添えて、困ったように吐息を漏《も》らす。

「ほら、あの子少し頼りないところがあるじゃない？　そのせいもあって、今、あなたと公爵のほうが次期国王にふさわしいんじゃないかって声が上がってきてしまっているのよ。そんなの、許されることじゃないでしょう？」

ふわりと笑う王妃様はいつも通りに見えるのに、それがどこか怖くて、息が詰まる。

けれどだからといって、このまま『はいそうですか』とうなずけるはずがない。

（ハロルド様との婚約を、解消なんてしたくない）

祈って、願って、行動して、なんとか掴んだ婚約だ。

そう簡単に手放せるなら、最初から望んでなんていない。

けれどそれを率直に言ってはいけない。そんなピリピリとした空気が部屋には漂っていた。

「王妃様。殿下はまだ若く、エリアーナも教育を受けはじめたばかりで、未熟なところがあるかもしれません。それに関して、とやかく言う者たちもいるでしょう。けれど、まだ時間がございます。時間をかけて学ぶことさえできれば、ふたりもきっと……」

国を支える人材になり得るでしょう――そう続くはずだった言葉は、王妃様がカチャリとカップを置く音に遮《さえぎ》られた。それはとても小さな音だったのに、わたしはなにも言えなくなる。

まるでそれを望んでいたと言わんばかりの満足そうな笑み――奇妙なまでの微笑みを浮かべながら、王妃様は口を開いた。

「わたしはね。別に息子の能力不足も、エリアーナ嬢の未熟さも、そのままでいいと思っているのよ」

「それは……なぜ、ですか……」

尋ねる声が震える。

この先を知るのが怖い。けれどそれ以上に、今目の前にいる人がわたしの知るアリアローズ・エルディニア王妃とは別人に見えたから。

「だって、賢い王なんてこの国にはもう不要なんだもの」

「……え？」

わたしの動揺とは裏腹に、王妃様の笑みだけが無邪気で鮮やかで――

「そもそも、あなたをクロードの婚約者から外したのだって最初から計画のうちだったのよ。……そのあと、あんなに公爵と仲睦《なかむつ》まじくなるのまでは想定外だったのだけれど」

（なにを……言っているの？）

計画とはなんのことなのか、なにが想定外だったのか。

わからないことだらけだけれど、自分がなにか大変なことに巻き込まれていることだけはわかった。

それはエリアーナの言う『ずっとそばにいて』なんて子供のようなわがままではなく、もっと大きな、とんでもないことに。

「とにかく、公爵とは婚約を解消してもらって……あなたはそのままクロードの第二妃として王宮に上がってちょうだい」

「そんな……そんなの、他の貴族たちが許しませんわ」

私とエリアーナの婚約が決まったとき、ただでさえ、ひとつの侯爵家から王太子と公爵の婚約者を出したと反感を買ったのだ。それがふたりとも王太子に嫁ぐとなれば、もっと大きな騒ぎになるだろう。けれど、わたしのそんな心配をよそに、王妃様は「ふふふ」と笑う。

「そんなこと、心配しなくてもいいのよ。こちらでなんとかするから」

「ですがわたしは、ハロルド様と……」

「あなたには、こう話したほうが早いかしら……？」

再びわたしの言葉を遮《さえぎ》ると、王妃様はおもむろに立ち上がってわたしの前に歩み寄る。

白い髪がさらりと音を立て、青の瞳がわたしを映す。

それはかつて美しいと感じたもののはずなのに、今はただ異質で恐ろしい。それなのに目が離せなくて、わたしはじっとその青の瞳にとらわれたまま、彼女の言葉を聞いた。

「婚約者を亡くして第二妃になるのと、このまま素直に第二妃になるの……どちらを選ぶ？」

「……！」

「あなたの返答次第では、明日にも公爵が不慮《ふりょ》の事故に遭うかもしれないわ」

それは、事故を装ってハロルド様を手にかけると言っているようなもので。

「ねえマリ、もう一度聞くけど………あなた、クロードの第二妃になってくれる？」

もう選ぶ余地なんてなくなったわたしは……ただ、小さくうなずくことしかできなかった。


「ふふ、お姉さまがクロードさまの第二妃になってくれるの、わたし本当にすごく嬉しいわ」

王妃様と話してからどれくらい時間が経ったのだろう。いつの間に戻ってきたのか、エリアーナがはしゃいだ声を上げてわたしの隣に座る。

「これで、これからはずっと一緒ね！　昔にみたいに、一緒におしゃべりしたり本を読んだり、お菓子を食べたりしましょう。あ、でもお仕事もあるのよね……それは半分こしましょうか。ふふ、それにしても王妃様は本当に素晴らしい方よね、なんでも叶えてくださるもの」

楽しそうなエリアーナは、わたしの様子などお構いなしで話を続ける。

「わたしね、ずーっとお姉さまが大好きだったのよ。なのに、王太子妃候補になってから、全然お姉さまと遊べなくなって……お話しもできなくてとっても寂しかったのよ。お父さまとお母さまも、全然わたしの相手なんかしてくれなかったし」

まだ呆然とした頭のまま、わたしは思い浮かんだ言葉をそのまま口にする。

「……あなたは、父上にも母上にも大切にされていたでしょう」

そう言い返すわたしに、エリアーナは一瞬キョトンとしたあと、ふっと微笑んだ。

「お姉さま、本当になんにも知らないのね」

「……なにを？」

「お父さまとお母さまはわたしを大切になんてしていないわ。ただ、お姉さまの邪魔にならないように監視していただけなのよ」

「監視……？」

思いもよらない言葉に、わたしは思わずエリアーナの表情を覗き込む。けれど淡い笑みを浮かべたまま、エリアーナは言葉を続ける。

「お父さまもお母さまもわたしに興味なんてないの。だから、わたしがどんなことをしても注意しないし、怒りもしない。あの家でわたしをちゃんと見てくれたのはお姉さまだけだったわ。お姉さまだけがわたしに関心を向けて、注意してくれたの」

それは、わたしも知らない事実だった。傍《はた》から見れば妹は幸せそうで、いつも楽しそうで、暗く冷え冷えとした講義室にいたわたしにしてみれば、エリアーナは羨望《せんぼう》を向けるには十分な立ち位置にいたのだ。

「でも、お姉さまが王太子殿下の婚約者になってわたしを見てくれなくなって……そのうち気がついたの。お姉さまの一番をもらえばお姉さまはわたしを見てくれるって」

（そんなことのために……）

わたしの大事なものは、これまで奪われていたのか。

そう思うと、どうしようもない虚しさと、寂しさで胸がいっぱいになった。

もう言葉を紡ぐことすらおっくうに感じて黙っているわたしに、エリアーナはなんてことないように続けた。

「でもね、今回の婚約者交換は失敗だったわ。お姉さまがハロルドさまの婚約者になってから、前より余計にわたしのこと見てくれなくなったし……なんだかふたりとも仲よくなっちゃうんだもの。クロードさまだって寂しいとおっしゃってたのよ？」

「どうして、クロード殿下が……」

仕向けたのはわたしだけれど、最終的にエリアーナを選んだのはクロード殿下のはずだ。

それなのに、どうして彼が『寂しい』なんて思うのか。

わからない。ここで目覚めてから、わからないことが多すぎる。

ただわかっているのは、クロード殿下の王位継承に関する問題で、わたしとハロルド様の婚約が解消されるということだけ。

「お姉さまって本当に鈍感なのね。クロードさまは、ずっとお姉さまのことがお好きだったのよ？でも、『マリーアンネが自分を見てくれない』とずっと悩んでいらっしゃったの。わたし、その気持ちがとてもよくわかって……ときどきクロードさまの相談に乗っていたのよ。そしたら、王妃様が今回のことを提案してくださったの」

「今回のことって……」

「婚約者の交換よ！　お姉さまも外から見れば、きっとクロードさまを見直すだろうからって。少しの間離れることになるけど、最終的には第二妃にすれば、わたしの願いもクロードさまの願いも叶うでしょうって、それにアイズ先生の願いもね」

（まさか……）

妹の言葉に、わたしは目を見張る。

心に浮かんだ嫌な予想を肯定するように、エリアーナはうなずいた。

「お姉さまが第二妃になったら、ハロルドさまの婚約者にはアイズ先生が収まることになっているのよ。そもそも婚約者として内定していた方だし。彼女ね、ずっと前からハロルドさまを愛しているんですって」

どこからどこまで、王妃様に仕組まれていたことなのか。いつから、こんな計画を立てていたのか。

そう考えると薄ら寒くなる。この国の王妃の座に収まりながらずっとなにか、恐ろしいことを画策していたのだから。

（少なくとも、わたしが婚約者交換を考える前から王妃様は……）

「ふふっ、さっそく仲直りしたのかしら」

じっと考え込んでいると、王妃様がアイズ先生を伴って姿を見せた。

「まだ仲直りとまではいかないかもしれません。お姉さま、まだ混乱しているみたいで……」

「あらそうなの？　でも、婚約解消が済む頃にはきっと驚きも薄れるでしょう」

そう言うと、王妃様はアイズ先生を振り返る。彼女はうなずくと、なにも書いていない便箋《びんせん》をこちらに差し出してきた。

「マリーアンネお嬢様、公爵にお手紙を書いてほしいのです。婚約を解消してほしいと。……わたしの旦那様になる彼が、あなたのことを思い出したりしないように」

「アイズ先生……どうして……」

「どうしてこんなことをしたかなんて、理由はもうお聞きになったのではありませんか？」

その声は、今まで聞いたことがないほど冷え冷えとしていて、嘲《あざけ》りを含んでいる。

もしかすると憎しみさえ滲《にじ》んでいそうなその声に、なにも言えずにいると、アイズ先生は冷たい微笑みとともに続けた。

「わたし、ずっと彼を……ハロルド様を愛していたの。それなのに、婚約の話が白紙になってしまって……だから、全部を元に戻さないと。今、あなたがいる場所は、もともとわたしがいるべき場所なんですから」

ふいに思い出したのは、初対面の時の彼女の言葉。

『はい！　お嬢様はお美しいし、博識で……王太子殿下のご婚約者だったときも、公爵閣下のご婚約者になった今も、凜としていらっしゃって、その、本当に素敵で、わたしもお嬢様になりたいと思って……って、わたし喋りすぎですよね？　あわわ……お恥ずかしい……』

あの時はなんとも思わなかった「お嬢様になりたい」という言葉の意味がわかった気がして、今さら背筋が寒くなる。

「あなたはズルいわ。妹君にも王太子にも愛されているのに気がつかないなんて……そんなに愛されているんだから、彼の愛はわたしに返していただかなくちゃ。だから、婚約解消の旨、ちゃんと手紙に書いてくださいね」

(そんなの、書きたくない……)

でも、さっきの王妃様の言葉を思えば、書くしかないのだろう。

「……書いている間、ひとりにしてくださいませんか?」

「構わないわよ。気持ちの整理も必要でしょうしね。でも書いた手紙は、あとでちゃんと確認させてもらうわ」

「お願いしますね、マリーアンネお嬢様」

「……わかりました」

わたしがうなずくのを見ると、王妃様とアイズ先生は満足そうに微笑んで部屋を出ていった。

静かになった部屋で、わたしは真っ白な便箋《びんせん》を前に、吐き出す息が震える。

今まで考えもしなかった、ハロルド様との『婚約解消』が、突然目の前に突きつけられたのだ。

ひとりになった途端、それが現実味を帯びてきて、緊張からか恐怖からか、一気に身体が震え出した。

(怖い……すごく、怖い……)

自分の身体を掻き抱きながら、わたしは手首についたままの組紐のブレスレットに触れた。今はこれだけが、わたしとハロルド様を繋いでいる気がして。

(ネックレスは、ここに来る途中に落としてしまったみたいだから)

本当に大事な物なら、つけていかなければよかったのかも。

手を……伸ばさなければよかったのかも。

後悔しても、全ては後の祭りだ。

（ハロルド様……愛しています）

愛しているから、あなたには生きていてほしい。

あなたが消えた世界で生きるなんて、きっと耐えられないから。

涙がこぼれそうになるのをぐっと堪えながら、わたしはペンを手に取り便箋《びんせん》に走らせた。

◆　◆　◆

結局、マリの居場所はわからないまま、俺は一睡《いっすい》もできずに朝を迎えた。

俺の気持ちとは裏腹に、憎らしいほどスッキリと晴れた空が窓の外に広がっている。

（マリ、どこにいるんだ……）

今さらながら、自分に力がないことが惜しくて、かつての決断が悔やまれてならない。けれど過去を悔やんでも前に進めないことは、ここ数時間で何度も思い知らされた。

マリを連れ去ったのは義姉《あね》でまず間違いない。彼女はマリが姿を消すと同時に、療養を理由に王宮を離れているのだ。必要な荷物も、侍女も、そして侍従も連れていっているところを見ると、前々から計画していたことなのだろう。

行先は、王都内にある温泉が有名な宿という話だが、そこにいるのが影武者なのはバルドの調べですでにわかっていた。それと同時に、クロードとエリアーナも義姉《あね》の供という名目で王宮を出ていることがわかった。

パーティーの初主催に対する褒美として、一緒に連れていったことになっているらしい。マリはきっと、そのとき一緒に連れ出されたのだ。

そこまでわかっているのに、その先の足取りが一向に掴めなかった。

「旦那様」

「……どうした、バルド」

「少しでいいのでお休みください。マリーアンネお嬢様を見つける前に、旦那様がお倒れになってしまいます」

「……眠れないんだ」

マリがどうなっているのかわからないのに、眠れるはずがなかった。

こんなことになるなら、あの日無理にでも彼女を連れて一緒にパーティー会場を出ればよかった。

彼女のそばを離れるべきではなかった。

そんな後悔ばかりが浮かんでは、心を刺していく。

自分でもわかってはいるのだ、今はそんな後悔を抱いている場合ではないことも。

「とにかく、紅茶をお持ちしましたので召し上がってください。朝食はどうなさいますか？」

「お茶だけで構わない」

「かしこまりました」

バルドがカップにお茶を注ぐ音に耳を傾けていると、ふいに部屋のドアが叩かれた。

「……入れ」

誰何《すいか》をせずに返事をしたせいか、軽くバルドに睨《にら》まれた。

構わずに扉に視線を向けると、入ってきたのはノーディアの部下だった。

「ハロルド様、朝早くから失礼いたします。こちらが届いておりましたので、お渡しに参りました」

それは『ハロルド・メイヤー公爵』と宛名書きされた、差出人のない一通の手紙。

柔らかく癖《くせ》のないその文字は、他の誰でもない、愛おしい婚約者のもので――

「この手紙を持ってきた者はどこだ！」

気がつけば、俺はノーディアの部下に詰め寄っていた。

「なぜ引き留めなかった！」

「だ、旦那様、落ち着いてください……！」

「申し訳ございません……その手紙は、朝、門に挟まっていた物のようでして……」

だから、誰が届けたのかわからないという。

「とにかく、内容を確認なさってください」

バルドに勧められるまま、俺は封を切り、中から便箋《びんせん》を取り出す。一通り読み進めると、頭の芯《しん》が冷えていくのを感じた。

「……旦那様、手紙にはなんと？」

「………バルド、ノーディアを呼んできてくれ。今すぐに」

「かしこまりました」

忠実な執事は、文句を言うことなく足早に部屋を出て、ノーディアを連れて戻ってくる。

「なんだ、こんな朝早くに……」

「これを読め」

寝起きなのか、わずかに苛立った様子のノーディアは手紙に目を通すと、驚いたように目を見張った。

「おい、これ……マリーアンネ嬢からの……しかも、婚約解消を求めているように見えるが？」

「ああ」

「いや、もっと驚くだろ普通」

「十分驚いている」

「そうは見えないんだが……」

ノーディアが困惑するのも無理はないだろう。手紙にはたしかに、婚約を解消したいことと、もう一緒にはいられないこと、そして婚約が解消されるまでは戻らないことが記載されていた。

けれど、それを見た瞬間俺はほっとしたのだ。彼女が無事なことが確認できたから。

「とにかく、こんな内容の手紙だけで婚約を解消するわけにはいかない。一度マリに会わないと……」

「でも、どこにいるかわからないんだろう」

「……」

たしかにそうだ。なにかこの手紙に少しでも手がかりがあればいいのだが……必要最低限の文言しか書かれていないところを見ると、手紙の中身は検閲《けんえつ》されているのだろう。

(俺がこの婚約解消に応じなければ、もう一度手紙が届くか……？　そのときに届けに来たヤツをつければ……)

こんな手紙を書かせるところを見ると、相手はマリを傷つける気はないのだろう。なら、少しくらい時間を稼げるのではないだろうか。いや、傷つける気はなくても……どんな扱いをするかまではわからない。

(悠長なことを言っている暇はないな……)

どうにかしなければ……

でも、どうしたものか……

悩ましい時間が流れる中、部屋の扉が音を立てて開いた。

「……誰だ」

ノーディアの鋭い声に応えるように顔を覗かせたのは、神妙な面持ちの少女だった。

「……リア、どうしたんだこんな早くに」

「どうしても、お兄さまとハロルドさまにお話ししたいことがあって」

「話してごらん」

優しく促されると、ユーティリア王女は意を決したように口を開いた。

「本当は、神殿の者以外に話してはいけない約束なの。だから……ふたりとも、この話は絶対に内緒にして」

ユーティリア王女はそう前置きすると、まだ少し言いにくそうにしながら、口を開いた。

「……わたし、多分マリお姉さまを見つけられるかもしれないわ」

「ユーティリア王女……マリを見つけられるというのは、どういうことですか」

「昨日は気が動転してお話しできなかったのだけど……前にマリお姉さまにあげた組紐のこと、ハロルドさまは知っている？」

「これのことですか？」

ずっと腕につけてあった組紐を見せると、ユーティリア様は少しだけ嬉しそうに頬を綻《ほころ》ばせた。

「それに、ターシャの羽が織り込んであることは？」

「ええ、マリから話を聞きました」

「それをお姉さまは今もつけているかしら？」

「……奪われていなければ」

短く答える俺に小さくうなずいて、ユーティリア王女は口を開いた。

「ハークの神殿でしか知られていないことだけれど、ターシャは自分の香りを追うのが得意なの。だから、お姉さまがそれを身につけていて、国内にいるのなら……きっとあの子が見つけてくれるわ」

「それは……知らなかったな」

驚いた様子を見せるノーディアに、ユーティリア王女は申し訳なさそうに眉尻を下げた。

「神殿には、お兄さまが知らないことのほうが多いわ。なんでもかんでも秘密で、神の僕《しもべ》しか知る権利がないの」

「まあ、そのことは今はいいとして……本当にマリーアンネ嬢を見つけられるのか」

「……できるわ、彼らはとても鼻がいいの。たとえ一筋の羽毛を厳重に箱にしまっておいたとしても、必ず見つけられる。わたしが持っているこの笛を吹けば、呼び戻すこともできるし」

「なら……一度実験をさせてください。この組紐にも、ターシャの羽は編み込まれているんでしょう」

「ええ」

「……なら、話は決まりだな」

マリを見つける手がかりを掴んだことに、少しだけほっとする。

俺はバルドが淹《い》れてくれたお茶を口にして、腕につけてある組紐にそっと触れた。


その後、ふたりが朝食を済ませるのを待って俺は王都内にある自分の屋敷へ戻った。

執務室のバルコニーに出て、じっと空を見つめる。しばらくそうしていると、空に黒い点が現れ、こちらに向かってくるのが見えた。

「ターシャ」

待ちきれずにその名を呼んで、組紐を結びつけたほうの手を伸ばす。するとターシャは真っ直ぐに、音もなく俺の前に着陸した。そのまま、俺の手首についた組紐に甘えるように頭を擦《こす》りつける。

「よしよし……この調子で、どうかマリを……俺の婚約者を見つけ出してくれ」

撫《な》でてやると「クルル」と甘えるように喉を鳴らす。

「お前は……やはりユーティリア王女と一緒にハークへ帰るべきだな」

愛されて育てられたのがわかるからこそ、愛してくれた人のもとから離すのは、やはり忍びない。

そんなことを考えていると、ターシャはなにかに気がついたように顔を上げ、大きく羽を広げた。

きっと、向こうでユーティリア王女が笛を吹いたのだろう。

大空に吸い込まれるように飛び立つと、ターシャはあっという間に小さくなっていった。

「これならば、なんとかなりそうですね」

「ああ」

(とにかく、彼女がどこにいるのか……見つけ出さなければ)

「戻るぞ」

「はい」

俺はバルドを引き連れて、すぐにノーディアのもとへとって返した。

ターシャの能力が証明されたあと、夕暮れを待って、俺たちはマリを捜す準備を進めた。

「ハロルドさま、今つけている組紐をこの箱に……この箱は特別だから、香りが漏《も》れないわ」

「わかりました」

少しの寂しさを感じながら、俺は組紐をガラスの箱にしまう。そのまま外套《がいとう》をまとって身支度を整えた。そんな俺に、バルドが不安げな表情を向けてくる。

「旦那様、本当におひとりでよろしいのですか……」

「マリは俺の婚約者だ、俺がターシャを追うのは当然だろう」

「ですが……影の手が足りていない今、無闇に動くのは危険です」

「心配するな。居場所さえ確認できれば、今日のところは戻ってくる」

「わかりました……どうかご用心を」

「ああ」

「リア、ターシャの準備はいいか？」

「ええ、大丈夫」

「ハロルドが馬に乗ったのを確認したらターシャを飛ばす。いいな」

「頼む」

「……必ず、無事に戻れ」

ノーディアの言葉に深くうなずいて、俺は厩舎《きゅうしゃ》へ向かう。

(マリ、どうか無事でいてくれ……)

彼女に傷ひとつないことを祈りながら、俺は大空に飛び立った黒い影を追いかけはじめた。

◇　◇　◇

「今夜は、すごく寒いわね」

「そうね……」

部屋から出してもらえないせいで、やることもなく、ただ本を読んだりエリアーナの話し相手になったりするしかなかった。

（でも、余計なことを考えなくなくていいから、今はありがたいわ）

そんなことを考えていると、エリアーナがなにかに気がついたように声を上げた。

「お姉さま、見て！　雪だわ！」

「まあ、本当ね……」

（もうじき降るだろうとは思っていたけれど、今年は少し早かったわね……）

そんなことを考えながら、わたしはすっかり陽が暮れた窓の外に視線を向ける。

夕闇の中に淡い光を放つ大粒の雪が、静かに降りはじめていた。

「わたしなにか温かい飲み物をもらってくるわ。少し待っていてね」

「ええ」

エリアーナが、部屋を出てしっかりカギをかけていく。逃げ出せない息苦しさをどうにかしたくて、わたしはバルコニーへ続く窓を開けた。

（思ったよりも、外は寒くないのね）

意外に思いながら、ふわふわと降る雪に指先を伸ばすと、ふいに視界の隅を黒い影がよぎった。

（今のは……？）

顔を上げて視線を巡らせていると、ひんやりとした空気をバサリという羽音が震わせる。

目の前に舞い降りてきたのは、大きな鳥だった。

「あなた……ターシャ、よね？」

そう問いかけると「そうだ」と言うように、差し出した指先に頭を擦《こす》りつけてくる。その柔らかさと温もりに、張り詰めていた気持ちが一気にゆるんでいく。

「どうしてここにいるの？　ユーティリア様のおそばにいないとダメじゃない……」

そう言いながら、その羽を撫《な》でるたびにこぼれそうになる涙をぐっと堪える。

口を開けば泣いてしまいそうで、ただその羽を撫《な》で続けていると――

「……マリ？」

聞こえてきたのは、今一番聞きたくて、けれど一番聞きたくなかった声。

「マリ……無事でよかった」

ほっとしたようなその声に、ぎこちない動きで視線を動かす。

バルコニーの下に、黒い外套《がいとう》をまとったハロルド様の姿があった。

少しやつれたように見える面差しも、夜闇でもわかる金の髪も、全部が愛おしくて、本当なら今すぐにでも彼のもとへ行きたい。

けれどそれができないのは、頭の片隅に王妃様の言葉があったからだ。

『婚約者を亡くして第二妃になるのと、このまま素直に第二妃になるの……どちらを選ぶ？』

あれがただの脅《おど》しなのか、それとも本気なのか、わたしにはわからない。

けれど相手が彼を害せる立場にある以上、従うほかないのだ。

（きっと、ここにいることがバレるのも危険だわ……）

だから、とっさに口をついて出たのは彼を拒絶する言葉。

「……帰ってください、今すぐ」

――ここにいるのは危険だから。

「そしてどうか、もう二度とここには来ないで」

――あなたが危険な目に遭うなんて、耐えられないから。

「ターシャも、連れて帰ってください……迷惑です」

――この子は、ユーティリア様の大切なお友達だから。

言えない本音は胸の奥に隠して、わたしはハロルド様を睨《にら》みつける。

「わたしの思いは、手紙に書いた通りです」

黙ってこちらを見つめるだけのハロルド様に一方的に言葉を告げて、わたしは部屋へ戻ろうとする。

これ以上彼の顔を見ていたら、本心が口から滑り出てしまいそうだったから。

「マリ……俺はなにを言われても、君を愛してる」

「……っ」

大きくはない声なのに、わたしの耳は優先的に彼の声を拾ってしまう。

「忘れないでくれ……俺はなにがあっても君を諦めない。必ず、君を取り戻す」

(あぁ……)

もう、その言葉だけでよかった。

その言葉さえあれば、この先どんなことがあっても生きていけると思った。

背を向けたままの夜の世界に羽音が響いて、ターシャが飛び立ったのがわかる。

チラリと視線だけ向けると、もうそこにはターシャもハロルド様もいなかった。

(ハロルド様……あなたが生きていてくれさえすれば)

たとえ本当に第二妃になったとしても、きっとわたしは生きていける。

あんなひどい言葉をぶつけても「諦めない」と言ってくれた。

(でも、相手は王妃様だもの……そう簡単にはいかない)

だからどうか、彼がこれ以上無理をしませんように。

婚約解消に応じて、ただ穏やかな日々を歩んでくれますように。

きっと最初は傷つき、辛い日々を過ごしたとしても……いつか彼が幸せになりますように。

わたしはただそれだけを願いながら、雪が強くなりはじめたのも構わずに、じっと外を見つめていた。

◆　◆　◆

ノーディアたちの待つ屋敷に戻ったのは、もう夜明けも目前という頃合いだった。けれど起きて待っていたらしいノーディアは、早速見聞きしたことを報告するよう求めてきた。

「で、どうだった」

「ターシャが案内してくれたのは、王都を出てすぐの場所にある屋敷だった」

「誰の屋敷かわかっているのか？」

「ああ……あそこはグロリア公爵の所有だ」

たしか、父が王だった時代に大雨による土砂崩れが起こり、町ひとつが埋まるという大災害が起こったのだ。その際、多額の資金と人手を提供したグロリア公爵の功績をたたえて、あの屋敷を与えたと聞いている。美しく静かな森に囲まれた屋敷は「緑の城」と呼ばれる、由緒正しい屋敷だ。

そんな場所に彼女を攫《さら》ったということは、もはや関わっていることを隠す気もないのか、それとも、気がつかれるはずがないと思っているのか……

「とにかく、なんとかして救い出さなければ……」

「救い出すといってもな……マリーアンネ嬢が、屋敷のどの部屋にいるかわからないんだぞ。敵とも言える相手の屋敷内を無闇やたらに捜して歩くわけにもいかないだろうし」

「いや、部屋の場所はわかっている。三階北側の一番奥の部屋だ」

断言する俺に、ノーディアは気まずそうに首を横に振る。

「逸《はや》る気持ちはわかるが、もう少し落ち着いて考えろ。実験したときは、お前が外に出ていたからその場まで飛んでいっただけだろう。ターシャがその場所に止まったからといって、そこに彼女がいるわけじゃ……」

「姿を見て話した。間違いない」

「……は？」

予想外の言葉だったのだろう、ノーディアはポカンと口を開けて、これまでにない表情をしている。それに構わず、俺はあのときの彼女の言葉を思い出す。

「もう二度と来るなと……迷惑だと言われた」

「それは……」

「でも、きっとあれはマリの本心じゃない」

そうだ、あれが本心だなんて、どうして信じられるだろう。

あんな、今にも泣き出しそうな顔で言われて。

思い悩んだ様子を見せられて。

(それに、あんな手紙と言葉だけで諦められるほど……もうこの想いは軽くない)

婚約した当初なら、また違ったかもしれない。

けれどもう俺自身は引き返せない場所まで来てしまっていた。

「もし、彼女と結婚できないのなら……俺は生涯誰とも結婚しないだろう」

「…………なら、なんとか方法を考えないとな」

簡単なことではないだろう。

けれど、どんなことをしても絶対にマリを助け出す。

「そうと決まれば、早速話し合いだ。お前と俺の情報網を駆使《くし》すれば、可能性はゼロじゃないかな」

「ああ」

互いに情報収集に当たらせている人員を呼び戻すべく、部屋を出ようとドアノブに手をかけると

まるでタイミングを計ったかのように、ノックの音が部屋に響いた。

「旦那様、よろしいでしょうか？」

「バルドか……入れ」

声をかけると、どこか慌てたような表情のバルドが顔を覗かせる。

「旦那様、ノーディア殿下……セントーニ博士が目を覚まされました」

その言葉に、俺とノーディアはうなずき合い、部屋を出たのだった。

◇　◇　◇

「ねえ、お姉さま……なにかあったの？」

ハロルド様と会った日の翌朝。

部屋でお茶を飲んでいたわたしに、エリアーナが訝《いぶか》しげな視線を向けてきた。

「今日は、なんだか様子が変だわ」

「……そうかしら？」

「ええ、さっきからずっと上《うわ》の空だし……外ばかり見ているじゃない。なにかあるの？」

わたしの視線を追って、エリアーナは外に視線を向ける。

もちろんそこにはなにもなくて、ただ、昨夜降り積もった雪があるだけだ。

「なにもないじゃない」

すぐにつまらなさそうに視線を逸《そ》らすと、エリアーナはお茶をひとくち飲む。

「それにしても遅いわね。今日には、お姉さまたちの婚約解消の書類が届くはずなのに……」

その言葉が聞こえたかのように、部屋にノックの音が響く。

「……エリィ、入るぞ」

「クロードさま、待ってたわ！」

エリアーナが嬉しそうに扉を開けると、書類を携《たずさ》えたクロード殿下が部屋に入ってきた。

「これを……」

「婚約解消の書類ですね！　お姉さま、これにサインしてくれる？　今日中に王妃さまのところへ持っていかないと」

（これで本当に、ハロルド様と、婚約解消するのね……）

本当は、サインなんてしたくない。けれど、そうしなければ彼を守れないなら、それしか彼を守る手段がないのなら、迷う必要はない。

（そうよ……こうでもしないと、ハロルド様はきっとわたしを助けようとしてしまう……）

ただ、白く降り積もった雪が、わたしの決意を固めてくれる気がした。

「エリアーナ、サインするから書類を貸して」

「もちろんよ」

書類を受け取り、サインしようとしていると——

「マリーアンネ……少しふたりで話したいんだが」

難しい顔でこちらを見ていたクロード殿下が、唐突にそう言った。

「いいだろう？　正式に婚約を結ぶ前に、ちゃんと話し合っておきたいこともあるからな」

「わたしは、構いませんが……」

チラリと正面に視線を向けると、エリアーナが不満そうな表情で殿下を見ていた。

けれど、彼が折れないことを察したのか、渋々といったように席を立つ。

「わたしは、王妃さまのところにでも行っているわ。お話が終わったらすぐに呼んでね」

「わかった」

エリアーナが出ていくのを見送ると、クロード殿下はなんとも言えない表情でわたしの対面に腰を下ろした。

「……マリーアンネ、本当にこのまま進めていいのか？」

「え？」

（なにを、言っているの？）

思いもよらない問いかけに顔を上げる。クロード殿下の表情は、真剣そのものだ。

もしかしたら、王妃様が今回のことと引き換えにハロルド様の命を天秤にかけたことなど、彼は知らないのかもしれない。

たとえそうだとしても、今のこの状況がどうなるものでもない。

だからわたしは、ただ小さくうなずいた。

「構いません。これが、あの方のためにわたしができる最善のことなので」

「君は、そこまで叔父上を……」

驚いたように呟くクロード殿下に、わたしは否定も肯定もせず微笑んだ。けれど、わたしの気持ちはそれで十分に伝わったらしい。

「そうか……」

どこか納得したように呟くと、クロード殿下は自嘲気味に笑った。

「やっぱり、あのときからふたりとも惹《ひ》かれ合っていたんだな」

「殿下……やっぱりとは、どういうことですか？」

思わず聞き返すわたしに、彼はなにかを思い出すようにしながら話し出す。

「婚約前……君が、俺とのお茶会に来なかった日のことを覚えているか？」

「……はい」

忘れるはずがない。わたしが彼とのお茶会を欠席したのは、後にも先にもあのとき――ハロルド様と出会った日だけだ。

「あの日、俺は君を捜して庭園近くのガゼボに行ったんだ。でも、そこにはすでに叔父上がいて、君が眠っているからと追い返された」

(……クロード殿下が？　わたしを捜しに来てくださっていたの？)

ハロルド様はあの日、王太子の従者を追い返したと言っていたけれど、それはわたしに気を遣わせないための言葉だったらしい。

たしかに、クロード殿下自身が捜しに来たと聞いていたら、あの頃のわたしは、無理をしてでも彼のもとへ向かっていただろう。

「あの日から、君は少しずつ変わっていったんだ……憂鬱《ゆううつ》そうだった瞳に光が差して、笑う回数も増えた。俺は、それが悔しくて堪らなかった。君を変えた原因が叔父上だと、なんとなくわかっていたからな……」

(そう、だったのね……)

口を挟むのは憚《はばか》られて、わたしは黙ったまま話の続きを待った。

「気がついていなかったかもしれないが、俺は出会ってからずっと君に惹《ひ》かれていたんだ。だから、叔父上よりも関心を持ってもらえるように、君といる時間を増やしたりした。思い返してみると、幼い考えだったのがよくわかる」

たしかに幼い頃のクロード殿下は、今よりもずっと自由奔放《じゆうほんぽう》で、講義をサボってまでわたしとの時間を過ごそうとしてくれていた。

そのせいで、彼が怒られているのを見る度に、心苦しく感じたりもしたものだ。けれど、裏にそんな事情があったとは全然知らなかった。

「結局、俺の幼い考えはうまくいかず……こんなかたちで母上や君の妹に助けてもらわねばならないなんてな……君にフラれて当然か……」

でも、と殿下は今にも泣き出しそうな表情でこちらを見た。

「それでも、君に俺を見てほしい……妻になってほしいんだ」

そんな切実な言葉に、本来はうなずかなければいけないはずなのに。そうできないまま……

わたしはただ、ハロルド様のことを思い出していた。

◆　◆　◆

「ノーディア殿下、メイヤー公爵」

セントーニの部屋の前に辿り着くと、ノーディアの部下が待っていた。

「ベイル、客人が目覚めたというのは本当なのか？」

「はい。先ほど問診を終えたところです」

「話はできる状態か？」

「構いませんが、傷による発熱がありますので、長時間はお控えください」

「わかった」

ノーディアの返事を聞き、ベイル医師が部屋の扉を開ける。意外にも明るい部屋の中には、消毒液のにおいが充満し、雑然と置かれた医療器具をベイルの部下らしい医師たちが片付けている最中だった。

その奥のベッドに、目当ての人物がいた。まだ自力で身を起こすのは辛いのか、背中側にたくさんの枕やクッションを置き、昇りはじめた朝日に輝く雪景色をぼうっとした様子で見つめている。

「セントーニ博士」

「ハロルド様……ノーディア殿下」

こちらを振り向いた彼は、顔色が悪く、やつれた様子が痛々しくはあるけれど、意識を失っていた頃に比べればだいぶ回復したように見える。

「ご心配をおかけして、申し訳ございません」

「いや、無事でいてくれたのだから構わない……それよりも、一体メイトリアでなにがあった」

「それが……」

セントーニは言いにくそうにしながら、チラリと後ろに立つノーディアに視線を向ける。

彼は俺たちが協力関係にあるのを知らないから、話していいのかどうか迷っているのだろう。

「彼のことなら問題ない。今回の件は、ノーディアの手も借りているんだ……だから気にせず、全て話してもらって構わない」

「そういうことでしたら……ノーディア殿下、失礼いたしました」

「いや、内容が内容だ、警戒するのも無理はないさ」

ノーディアの言葉に礼を告げると、セントーニはかすかに表情を歪《ゆが》めながら話しはじめた。

「あの日打ち合わせを終えて……メイトリアの迎賓宮に戻った私は、会議室に資料を忘れたことに気がつき、引き返しました」

その資料は翌日早朝から使う予定のもので、どうしても手元に必要だった。そこでメイトリア側の許可を得て、セントーニは迎賓宮を出て本宮にある会議室へ向かったのだという。

「そこで、聞いてしまったのです」

「なにを……」

「我が国の王太子殿下を傀儡《かいらい》にし、メイトリアがエルディニアの実権を握ろうとしている、と……」

「それはまた……大それた計画だな」

ノーディアは感心しているのか呆れているのか、ため息をつきながらそう言った。

しかしセントーニは、表情をゆるめることなく続けた。

「彼らは、まさか私に聞かれているなど思ってもみなかったのでしょう……この計画は、最初さえうまくいけば成功したも同然だと、楽しげに話していました」

「一体いつから、そんな計画を……」

「それは——」

その後に続いたセントーニの言葉に、俺もノーディアも愕然《がくぜん》とせずにはいられなかった。

◇　◇　◇

マリーアンネとの話を終え、婚約解消に関する書類を持って部屋を出る頃には、日はすでに真上に昇っていた。

(ひとまずこの書類を母上に渡さなければ)

まさかこんなにすんなりと、彼女が第二妃になることを了承してくれるとは思わなかった。

婚約者を交換したあとの彼女と叔父上は、俺の目から見ても仲睦《なかむつ》まじく見えたからだ。

ドレスを仕立てたときも、建国祭のパーティーのときも。

婚約者の交換なんて前代未聞のスキャンダルが起こったあとだから、互いの名誉に、そして王族の権威に傷がつかないようにしてくれていたのだろうと、以前は思っていた。

(でも、それだけではなかった……)

マリも、そして叔父もたしかに惹《ひ》かれ合っていたのだ。それもかなり前から。

はからずも、俺とエリアーナはその想いを叶えてしまった。

(こんな手を使うのは、自分でもズルいと思う)

相手を閉じ込めて自由を奪い、想い合う相手と引き離すなんて。

(でも……マリは俺の婚約者だったし、マリも俺のことを少しは想ってくれていると思っていた)

それくらい彼女と過ごした日々は、俺にとって幸せに溢れていたのだ。

でも、その幸せを感じていたのは自分だけだったのだ。いや、本当はずっと前から気がついていた。彼女が自分ではない誰かを想っていることは。

積もり積もったその想いが抱えきれなくなって、溢れ出しそうになった頃に、声をかけてきたのがエリアーナだった。

『お姉さまにヤキモチを妬《や》いてほしいとは思いませんか？』

悩みに悩んでいた俺にとって、彼女の言葉は魅惑的だった。

だから、彼女の計画に乗り、母上の知恵と力を借りた。

その結果、こうして思う通りの結果を得た。彼女は第二妃になることを了承し、手元にはその書類もある。

（なのに、どうしてだ……？）

こんなにも、気持ちがしっくりこないのは。

なにかを見逃しているような、なんとも言えない違和感が胸の中に渦巻いている。

「クロードさま」

呼びかけられて顔を上げると、こちらに駆け寄ってくるエリアーナの姿があった。

「エリィ。母上のところにいたんじゃなかったのか？」

「そうだったのですけど、公爵がいらっしゃって。大事なお話があるからって言われて出てきたの」

「グロリア公爵が？」

母上の後ろ盾として、いろいろと力を貸してくれているグロリア公爵。だが、実際その人となりもよくわかってない。俺もこれまでにふたりきりで話したことは数えるほどしかないからだ。

（これを渡すついでに、挨拶でもしておくか）

この先も、公爵には自分の後ろ盾でいてもらわなければならない。来ているなら挨拶くらいはしたほうがいいだろう。

「エリィ、俺はこの書類を母上に渡してくるから、マリのもとへ行っていてくれるか？」

「ええ、わかったわ！」

嬉しそうにうなずくと、エリアーナはマリの部屋のほうへ駆けていった。その背を少しの間見送ってから、俺は母上の部屋へ向かった。

母上の部屋の前まで来ると、少し開いた扉の隙間から聞き慣れた声が漏《も》れ聞こえてきた。

「これで……お兄様の念願が叶うわね」

（お兄様……って、メイトリアの伯父上のことか？）

現在、メイトリア王国の国王の座につく伯父上とは、何度か会ったことがある。厳しくも優しい方で、いつもためになる助言をくれる。

（でも、どうして今伯父上の話題が……？）

なんとなく話を遮《さえぎ》れなくて、俺は扉の前でふたりの話を聞き続ける。

「ここまで来られたのも、王妃様の努力の賜物《たまもの》でございましょう」

「ふふっ、でも一番の功労者はあなただわ。わたしがここへ嫁いで、クロードが生まれてからも、次期国王はメイヤー公爵にというのが優位の空気だったけれど、あなたの機転のおかげでその流れが変わったのだもの」

「はは、わたしはただ助言を差し上げただけです。実行なさったのは王妃様でございましょう」

（……なんだ？　なんの話をしているんだ）

聞いてはいけない。

聞かないほうがいい。

そう頭ではわかっているのに、まるで凍りついてしまったかのようにその場から動けない。

聞きたくないと思えば思うほど、なぜか耳は母と公爵の声を鮮明に拾い上げた。

「あなたのあの作戦を実行できるのは、わたししかいなかったでしょう？　幼いクロードに毒を盛って、その罪をメイヤー公爵側に着せるなんて」

「実際に罪を被ったのは、厨房の者たちでしたがね」

「実際のことなんてどうでもいいのよ。まあ、少し毒を盛りすぎて、クロードが死にかけてしまったのは予想外だったけれど」

「……！」

（母上が、俺に……毒を……？）

幼い頃、毒を盛られたこと自体は母から聞いて知っていたし、おぼろげに苦しかった記憶もある。

そして、その嫌疑《けんぎ》によって叔父が王位継承権を放棄しようとしたことも知っていた。

（けれど、今の話では……）

信じられない。

信じたくない。

そうは思うけれど、母の楽しげな声が頭の中で繰り返されて、なかなか消えない。

（……なにか、大きな見落としをしているのか）

グラグラと視界が歪《ゆが》みはじめるのを感じながら、俺はその場を離れた。

◆　◆　◆

「――では、義姉上《あねうえ》が嫁いできたことそのものが計画の始まりだったというわけか」

「はい。最後は、それを聞いてしまったことに気づかれ、追われる身となり……どうにか、ハロルド様所有のこの屋敷まで辿り着いたのです」

王妃と敵対する俺と関わりの深いこの屋敷なら、保護も求めやすいだろうということだったらしい。

セントーニの話を聞いて、俺は小さくため息をつく。

実際に事実として聞いてしまうと、その重みで胸が押し潰されそうだ。なぜなら、兄が心から義姉《あね》と甥《おい》を愛していることを知っているから。

（それなのに……）

最初から、この国を狙った計画だったなんて。

もちろん、王族同士の結婚にはなんらかの思惑《おもわく》がついて回るものだ。

けれど少なくとも兄は、それを差し引いても義姉《あね》を愛していたはずだ。

メイトリアで開かれたパーティーで出会い、一目惚れしたあとに、互いの想いを確かめ合って結婚へ至った。その全てを見ていた俺には、義姉《あね》にも兄に対する愛情があるように見えていた。

(それが全部、演技だったのか？)

こんなとんでもない計画を実行に移せるなんて……信じたくないと思っても、今自分に降りかかっている現実が全てだ。

「とにかく、兄上に事情を話して、正式に応援を要請するしかないだろう」

「だろうな……ここまでくると、極秘に、なんて言っていられないだろうしなぁ」

セントーニは、エルディニアが正式な手続きを経て送っていた外交官だ。

その彼がこんな情報を得て戻り、なおかつ傷つけられたとなれば、国としては黙っていられない。

「兄上のもとに行ってくる。セントーニはよく休んでくれ」

「はい……どうかハロルド様もお気をつけて」

セントーニたちからの見送りを受け、重い足を引きずりながら、俺は再び王宮へ向かった。

「兄上に面会を……」

顔見知りの警備兵に声をかけると、目の前の執務室の扉が開いた。

「それでは陛下、失礼いたします」

丁寧な調子で告げて出てきたのは、好々爺《こうこうや》然とした風貌の人物――グロリア公爵だった。

彼は俺を見つけると、まるで知己《ちき》にでも会ったかのように親しげな笑みを浮かべて歩み寄ってきた。

「メイヤー公爵、お久しぶりですな」

「……ええ。お元気でしたか、グロリア公爵」

苛立ちや怒りは全部胸の奥に押し隠して、俺は外向きの笑みを浮かべる。そんな俺に、目の前の老公爵は実に楽しそうに相好を崩した。

「このような老人の心配をしてくださるとは、メイヤー公爵は実にお優しい。しかし、ご心配には及びませんぞ。わしはまだまだ元気ですので」

「それはよかった。卿《けい》にはいつまでもご健勝でいていただかねばなりませんから。……では、私はこれで、兄に用がありますので」

「ほう、なにやらお忙しそうですな。……ご無理はなさいますな」

「ええ」

(古狸《ふるだぬき》め……)

互いに言葉の裏に隠れた意味を察しながら、当たり障りない笑みを浮かべて別れる。

そのまま俺は兄のいる執務室の扉を叩いた。

「兄上、ハロルドです」

「……ああ。入れ」

入室の許可を得て部屋に入った俺は、思わず兄に駆け寄った。

「どうされました？　顔色が優《すぐ》れないようですが……どこか体調が……？」

「いや……体調は、どうということはない。それより、どうかしたのか……」

「それが、実は……」

セントーニから聞いた話を報告すると、兄の表情が歪《ゆが》んだ。

「……なるほどな。それもあってグロリア公爵はあんな脅《おど》しをしてきたのか」

「……脅《おど》し、ですか？」

苦々しげな表情の兄に、嫌な予感を覚えながら聞き返す。

すると、悲しげに微笑みながら、兄は口を開いた。

「クロードの命を助けたいなら……お前になにを言われても、手出しはするな、と」

「……っ！」

グロリア公爵が浮かべていた余裕の笑みも、上機嫌な様子も、全部はこのためだったのだろう。

兄が俺に協力できないようにさえしてしまえば、彼らの計画はどうとでもなる。

なにせ俺は、公《おおやけ》には力を持たない。自身を守る騎士さえ王室から派遣されたものだ。

「すまない、ハロルド……私は……」

「いえ、いいのです兄上。……クロードを盾に取られては、どうしようもないでしょう」

何年も待ち望んで、やっと生まれた息子なのだ。

そうでなくても、我が子を見捨てることなど、できるはずがない。

（ここまで、ずる賢いとはな……）

とにかく、兄のためにもこの件は早急に解決しなければならない。

他の手を考えるべく、心配する兄に問題ないことを告げて、俺は足早に王宮を辞《じ》した。


「なるほどな……先回りするとは、さすが老公爵といったところか。用意周到だな」

俺の話を聞いたノーディアは、もはや驚きもせずに呟いた。

「着々と退路を塞《ふさ》がれるとは、こういうことだな……なんだか戦《いくさ》でもしているようだ」

「まあ、似たようなものかもしれないな」

自分たちの大事なものを守るための争いをしているのだから、たしかに戦《いくさ》と大差ないだろう。

「とにかく、どうにかして人手を集めないと……」

「人手といってもな……陛下側が動かせないし、俺たちの部下もそれぞれ手一杯だ。どこから引っ張ってくる」

「それは……」

思い悩んでいると、扉がノックされる。入室を促すと、バルドが姿を見せた。

「バルド、どうかしたのか？」

「旦那様にお手紙です」

それは三つの公爵家のうちのひとつ——ブルーウィントン公爵家からのもので、セントーニのその後の経過について知りたいという内容の手紙だった。

「旦那様、お返事はいかがいたしますか？」

「………ここに来てほしいと、伝えてくれ」

「ここに、ですか……？」

「ああ、今すぐにだ」

俺自身に力がないなら、力を借りればいい。

一縷《いちる》の望みを込めて、俺はブルーウィントン公爵を呼び出した。


栗色の髪はボサボサで、シャツの上に白衣だけを羽織《はお》った姿で彼——ブルーウィントン公爵はやってきた。

「僕、基本的に屋敷から出ないんですけど……一体なんの用です？」

「ブルーウィントン公爵……あなたに、折り入って頼みがある」

「あー……もしかして、今裏でこそこそ動いている事件のことですか？ そのことなら面倒そうなので、関わりたくないんですけど……」

本当に研究以外には興味がないのだろう。心底面倒くさいといった様子で、彼はお茶をすすった。

「手を貸してくれるなら、全て解決した暁《あかつき》には、公爵の提示した願いはなんでも叶えよう」

「………」

その言葉に、茶菓子に手を伸ばしていた彼の動きがピタリと止まる。

「なんでもっていうのは……本当になんでも？」

「ああ、俺のできる範囲でだが……」

「なら、全部解決したら王家の禁書庫への立ち入り許可をください」

「それくらいなら、お安い御用だ」

「それと……こっちが重要なんですけど……」

「願いはひとつじゃないのか」

「なんでも叶えてくれるんでしょう？　それにひとつだとは言わなかった」

「……ひとまず聞こう」

「ハークへ留学したいんです。期間は最低でも二年」

思いがけない提案に、俺は後ろの壁に背を預けているノーディアに目をやった。

「俺は受け入れてもいいぞ？　ブルーウィントン公爵は知らない仲でもないしな。ただ、それには俺からも条件がある」

「……お前もか」

「なに、そんな難しいことじゃないさ……ただ、お前が王になると確約がとれればそれでいい」

（王か……）

この件が無事に解決すれば、きっと事は明るみに出ることだろう。

そうなれば、義姉《あね》とクロードはどんなかたちであれ、失脚することになる。

結果、俺が次の王として立つしかなくなるだろう。

（前の俺なら、悩んでいたが……）

もう道がこれしかないとなると、自然と腹は決まった。

「事が成功した暁《あかつき》には、必ず」

「交渉は成立ですねー。じゃあ早速お話をお聞きしましょうか」

その場にそぐわない間延びした声で言うと、ブルーウィントン公爵は、俺とノーディアを順に見た。

「ああ、それと僕のことはアーノルドと呼んでください。家名で呼ばれるの、苦手なんで」

「わかった、アーノルド殿」

「敬称もいりません。……それで？　なにか計画はあるんですか？」

「計画というか……ここまで来たら、武力行使でいいんじゃないか？　陛下も脅《おど》されているわけだし」

「ノーディア、お前な……」

すっかり忘れていたが、彼は大陸一喧嘩《けんか》っ早い国の王太子だった。

武力で相手を制圧できるなら、それに越したことはないと考えているのだろう。

そんな彼の考えに、先に首を横に振ったのはアーノルドだった。

「そんなの、国が荒れてこれ以上の大事になるでしょう……もっと頭を使わないと」

「ブルーウィントン……お前は身体を動かしたくないだけだろ」

「だから、アーノルドですって……まあ、僕は根っからの頭脳派ですからね」

悪びれる様子もなく、ブルーウィントン公爵――アーノルドはニヤリと笑う。

「ここは、紳士らしく穏便にいきましょう」

第八章

ここに来て、どれくらいが経っただろう。

幾度《いくたび》かの朝が来て、幾度《いくたび》かの夜が過ぎ去ったある日の昼下がり。

エリアーナが喜々とした様子で、ある報《しら》せを持ってきた。

「ねえお姉さま、聞いた？　お姉さまとハロルドさまの婚約解消手続きが、順調に進んでいるのですって！」

「……そう」

わたしはただそれだけ言って、少し冷めたお茶を飲む。

新米の侍女が淹《い》れたのか、そのお茶はなんだか渋くて、スムーズには飲み下せない。

（今さら……胸が痛くなるなんて……）

わかっていたことだし、自分が望んだことなのに、気持ちの処理がうまくできなくて、胸が苦しい。

（わたしはもう、ハロルド様が生きていてくれればそれでいいって、そう決めたじゃない）

自分に言い聞かせながら、甘い茶菓子を口に入れる。少し渋みは和《やわ》らいだけれど、心は相変わらず重いまま、わたしは静かに、エリアーナの話を聞いていた。

しばらくそうしていると、ふいに扉がノックされ、蜂蜜色の髪の青年が部屋に姿を現す。

「クロードさま、いいところに！　今ね、お姉さまに婚約解消の件を話していたところなのよ」

「……」

「クロードさま？」

楽しげなエリアーナとは対照的に、クロード殿下はどこか顔色が悪い。

（そういえば、ここ数日姿を見ていなかったけれど……どこへ行っていたのかしら？）

まさかこの状況で、王宮に戻っていたのだろうか？

彼は首をかしげるわたしを一瞥《いちべつ》すると、エリアーナに声をかけた。

「エリィ、少しマリーアンネとふたりで話したいんだが……いいかな？」

「また、わたしだけ仲間はずれなの？」

「少しだけだ。話が終わったらすぐに君を呼ぶよ」

「しょうがないわね」

エリアーナは不満そうにしながら、部屋を出ていく。

パタン、と扉が閉まる音を聞いた殿下は、席に着くこともなく、じっとこちらを見た。

「……あの、クロード殿下？」

「君は……まだ叔父上が好きなのか？」

その問いにはなんの感情もこもっていない。けれど誤魔化すことだけは許さないというような、気迫のようなものがあった。だから、わたしはただ素直な感情を口にする。

「はい……ハロルド様のことが好きです。きっと、この先殿下の第二妃となっても……この気持ちだけは変わらないと思います」

「そうか……わかった」

それだけ言うと、クロード殿下は神妙な面持ちのまま部屋を出ていった。

◆ ◆ ◆

「旦那様、婚約解消の件は順調に進んでいるようです」

もう陽もとっぷりと暮れた深夜。バルドが紅茶を差し出しながらそう告げた。

「……そうか」

「少しお休みになられてはいかがですか？　計画もうまく進んでいらっしゃるのでしょう？」

「……眠る時間も惜しくてな。それに、アーノルドから大量の仕事を回されたから、寝る間もない」

指示された作業を進めながら、俺は数日前のことを思い出す。

「ここは、紳士らしく穏便にいきましょう」

「穏便にとは……？」

そろって首をかしげる俺とノーディアに、アーノルドは楽しげに口の端を持ち上げて続けた。

「まず、メイヤー公爵にはクラリンス嬢との婚約を解消していただきます」

「………は？」

「おい、それじゃ相手の思う壺《つぼ》だろ！」

固まる俺とノーディアに、アーノルドは落ち着けと言うように両手を上げる。

「いいですか？　相手はクラリンス嬢を妃《きさき》にする心づもりなのでしょう。なら、妃《きさき》の入宮申請のために王太子とそろって王宮に戻らざるをえないのです。その際に、彼女を取り戻し、クロード様を保護すればいい」

この国の制度上、王族は妻を何人迎えてもいいことになっているが、手続きは実に面倒だ。特に王太子ともなれば、王太子と妃《きさき》になる者の意思を確認すべく、本人たちによる手続きが必要になる。

「しかし、抵抗されたらどうするんだ？」

「そんなの、それこそ人手を使って連れてくるんですよ。僕のところとおふたりのところを合わせれば十分でしょ」

「結局最後はそうなるのか」

「最初から喧嘩腰《けんかごし》で行くより、労力は少ないですよ。まあそれなりに根回しも大変ですが。僕はそっちのほうが得意なので」

あの日、そう言って笑ったアーノルドの顔は忘れもしない。

（まあ、なんとも不安な作戦ではあるが……今はそれに頼るしかない）

自分の力のなさを痛感していると、不意に執務室の扉が叩かれる。

バルドが扉を開けて用件を確認すると、どこか焦ったような様子でこちらを見た。

「旦那様……」

「なんだ、なにかあったのか？」

「いえ……その、来客です」

「来客？　こんな深夜に？　一体誰が……」

「それが、王太子殿下だそうです」


柔らかい明かりが灯された客間で、俺はクロードと向かい合う。

「……」

なにも話し出す様子のないクロードに、俺は先んじて口を開いた。

「マリは、元気にしているか？」

「…………はい」

「そうか」

クロードの返答に安堵しつつ、俺はひとくち紅茶を飲む。その温かさにほっとしながら、そのまま言葉を続けた。

「それで、こんな夜更けに王太子がひとりで来るなんて……一体なんの用だ？」

（しかも、こんなクロードにとっては、敵地とも言える場所に）

バルドの話によれば、本当にひとりきりで、警護すらつけずに来たらしい。

とりあえずアーノルドにもノーディアにも報《しら》せてはいるが、まずは俺がちゃんと話を聞くべきだろう。そう思って、辛抱強く甥《おい》の言葉を待つ。

「……叔父上……もう、俺は……どうしたらいいか、わからない」

「……どういうことだ？」

「実は……母とグロリア公爵の話を聞いてしまったのです」

クロードは自分が聞いたという話を、詳しく説明してくれた。

幼い頃の暗殺未遂の犯人が、母だったこと。

それを母に提案したのは、グロリア公爵だったこと。

あの事件の真相を知ると同時に、俺はクロードが心配になった。

（まさか、義姉上《あねうえ》がそこまでするとは……）

あんなに焦がれて、やっと得たひとり息子に毒を盛るなんて、誰が想像しただろう。

（いや、だからこそ実行に移せたのか……）

自分に疑いの目が向くはずがないという確信があったから。

たしかにあのとき、嘆《なげ》き悲しむ王妃には誰も疑いの目を向けなかった。

毒を入れる機会が一番あったのは、彼女だったのに。

「その話を聞いて……もう俺は、どうしたらいいか……わからなくて。こんなこと、父上に話せるはずがない……」

「クロード……」

自分でさえここまで驚いているのだ。彼にとってはどれほどショックなことだろう。

だが、いつまでもここでこうしているわけにはいかない。

クロードも、自分できちんと考え、決断を下すときが来たのだ。

「お前も、全てを知っておくべきだろうな……」

そう前置きして、俺は自分の知る全てをクロードに話した。

セントーニがメイトリアで知った秘密を。

「母上と伯父上が、俺を傀儡《かいらい》になんて……そんな、嘘……ですよね……？」

縋《すが》るような問いかけに、俺はただ首を横に振る。

クロードは信じたくないのか、目をぎゅっとつむってうつむいた。

「こんなことが起きていたのに……俺だけなにも知らずに、知ろうとすらせずにいたなんて……」

どんなに悔やんでも、後悔というのは先に立つことはない。

そして自分の愚かさに気がつくのも、いつだって全て手からこぼれ落ちたあとなのだ。

「全てを知った上で……お前はどうする」

「俺は……」

混乱しているクロードには、酷な問いかけだろう。

けれど甥《おい》が落ち着くのを待っていられるほどの時間は残されていない。

「義姉上《あねうえ》を……お前の母を止めたい気持ちがあるなら、俺たちに協力してくれ」

「協力……？」

「俺は義姉上《あねうえ》とグロリア公爵の思惑《おもわく》を阻止《そし》し、マリを取り戻したい」

「……マリーアンネを」

クロードの表情が一瞬こわばる。けれどそれは本当に束の間で、次の瞬間には決意を宿した瞳が俺を映した。

「……叔父上に協力します。母上のためにも、父上のためにも。でも、なにをすれば……」

「そうと決まれば話が早い！」

突然割って入ってきた声に、俺とクロードは驚きながら扉のほうへ視線を向ける。

そこにはいつからいたのか、瞳を輝かせたアーノルドと、眠たげな目をしたノーディアの姿があった。

「途中からですが、話は聞かせてもらいました！」

「あなたは……ブルーウィントン公爵？　なぜここに？」

「細かいことはいいのです！　それより殿下、ご協力くださるというのは間違いないのですね」

「……ああ、間違いない」

「わかりました。殿下が協力してくださるなら計画変更です」

「計画変更って……どうするんだよ」

あくび交じりに問うノーディアに、アーノルドは深夜とは思えないテンションで口を開く。

「殿下にはあの日と同じことをしていただきましょう」

「あの日と……同じこと？」

困惑したように首をかしげるクロードに、アーノルドはニッコリと微笑む。

「この件が早く片付けば、僕も早く留学ができる。だから、一番手っ取り早い方法でいくんですよ」

◇　◇　◇

クロード殿下がここを訪れた日から、数日の時が経った。

（状況はどうなっているのかしら……？　みんな無事だといいのだけれど……）

冬晴れの空はとても綺麗で、ここに閉じ込められて自由に動けないわたしは、ただ願うことしかできない。そんな時間も、あといくらもしないうちに終わりを迎えるはずだ。

（もうすぐ、エリアーナが来る頃だものね）

ここに来てから、エリアーナは毎日わたしのもとに来て、ともに時間を過ごすようになった。

他愛もない話をしたり、一緒に本を読んだり。信じられないくらい穏やかに過ごす妹に驚きつつも、その時間を邪魔しようとする者を異常なほど嫌う姿に、恐れを抱かずにはいられない。

（とにかく、今日も一日無事に過ごせることを祈るしかないわね）

そんなことを考えていると、ふいにノックの音が部屋に響いた。

エリアーナはノックなどしないから、別の誰かだろう。

(誰かしら……)

「……どなたですか?」

慎重に問いかけると、返ってきたのは聞き覚えのある柔らかい声だった。

「マリーアンネ、わたしよ。入ってもいいかしら」

「王妃様……どうぞ」

扉を開けると、王妃様とエリアーナ、そしてクロード殿下の姿があった。

「朝からごめんなさいね。でも、あなたにも一緒に来てもらったほうがいいと思って」

「それは、一体どこへ……?」

「お姉さまたちの婚約解消が済んだから、ハロルドさまがアイズ先生を婚約者としてお披露目《ひろめ》するのよ!」

「……え?」

(ハロルド様と、アイズ先生が婚約……?)

婚約解消の手続きが進んでいるとは聞いたが、ハロルド様とアイズ先生の婚約の話がお披露目《ひろめ》まで進んでいたのは初耳だ。

いつかはこんな日が来るだろうと思っていたけれど、こんなにすぐだなんて……

あまりに急な展開に、心が凍りついたように動かない。

「お姉さま、どうしたの？　もしかして、お披露目《ひろめ》式に行きたくないの？　でも、お姉さまが行かないなんてダメよ。今日はお姉さまが第二妃になることも、みんなにお報《しら》せしないといけないんだから」

まるで幼い子を諭《さと》すように言うと、エリアーナはこちらを覗き込んでくる。

「今日のために、素敵なドレスも用意したのよ。だから行かないなんて言わないでね」

「そうよ、知らない人ではないのだし、きちんとお祝いしなければダメだわ」

「いえ、でもわたしは……」

助けを求めるように、わたしはクロード殿下へ視線を向ける。

あの日の問いかけのせいか、彼ならこのふたりを止めてくれると思ったから。

けれど、現実は残酷で――

「マリ……諦めるためにも、きちんと出席したほうがいい」

彼のその言葉がダメ押しとなって、わたしは無理矢理身支度を整えさせられ、なかば引きずられるように王宮へ出向くことになった。

「まあ……あの噂は本当だったのですね」

「クラリンス家の長女が、殿下の第二妃になるだなんて……」

「クラリンス侯爵夫妻はなにを考えていらっしゃるのかしら？」

そんな囁《ささや》きを聞きながら、わたしはエリアーナとクロード殿下の後ろを静かに歩く。

第二妃となる者には、エスコートなどつかない。

正妃とは一線を画《かく》す存在だから仕方がないといえば仕方がないのだけれど……

（ダメよ、泣いたりしては……）

みんなの噂の的になるのが嫌なわけではない。

そんなことより、今から始まるお披露目《ひろめ》式を思うと胸が痛んで苦しくて、もう一歩も動けなくなってしまいそうだった。

（あの日、諦めないと言ってくれた言葉は嘘だったのですか……？）

あまりにも胸が痛むせいで、自分が望んだ結果であるにもかかわらず、彼を責めてしまう自分が憎らしい。今はそんな感情が表に漏《も》れ出さないように、精一杯表情を保つ。

束の間、しん、と静かになった大広間の扉が開く。

冬の清らかな日差しを受けて、ハロルド様とアイズ先生が姿を現した。

正装に身を包んだハロルド様と、淡い黄緑色のドレスを身にまとったアイズ先生。

ふたりの姿に多くの人が息を呑む。

そんな中、わたしだけが全てに取り残されたかのように、立ち尽くしていた。

真剣な表情のハロルド様。

みんなの注目を受けて、気恥ずかしそうに頬を染めるアイズ先生。

そのどちらも見ていたくないはずなのに、どうしてか目が離せない。

（どうして、こんなことになったのかしら……）

ついこの前まで、彼の隣にいたのはわたしだったはずなのに。

（もしかしたら、全部夢だったのかも……）

むしろ、そのほうがどんなに楽だっただろう。

彼の温もりも、声も、わたしを見つめる瞳の色も、全部全部夢であったなら。

ポタリ、と胸元にしずくが落ちる。

（なに……？）

不思議に思って頬に触れると、いつの間にか涙が伝いはじめていた。

（ああ、わたし……悲しいのね……）

もう心はなにも感じないのに、ボロボロと涙だけが絶え間なくこぼれ続ける。

自分では止めることができなくて、流れるままにしていると、ふいに誰かの指先が涙を拭った。

「……泣かなくていい。大丈夫だ」

「え……？」

わたしの涙を拭ったクロード殿下が、寂しそうに微笑む。

（殿下……？）

どういうことなのかと問う前に、彼は踵《きびす》を返して、今まさに陛下たちの前に跪《ひざまず》こうとしているハロルド様たちのもとへ向かっていく。

そのままハロルド様たちの前に立ちはだかると、会場中に響く声で話しはじめた。

「メイヤー公爵、その婚約どうか待っていただきたい！」

ただ、呆然とするわたしの前で、クロード殿下は声を張り上げ続ける。

まるでこの場の全員に、この出来事を見せつけるかのように。

「俺は、アイズ・モーリア嬢を愛している。どうか、俺の婚約者と交換してもらえないだろうか？」

（な、に……？）

今、目の前でなにが起こっているのか、わたしは理解できずにいた。

ただ、クロード殿下の発言に、大広間に集まった貴族の全員が凍りつき、息をひそめて事のなりゆきを見守っている。

「王太子殿下……今の発言は真実ですか？」

「ああ、もちろんだ！　俺はそこにいるアイズ・モーリア伯爵令嬢に心惹《こころひ》かれている。妃《きさき》にしたいと望むほど」

クロード殿下はそう告げると、ハロルド様とアイズ先生の間に割って入る。そのまま呆然としているアイズ先生を背に隠し、わたしを見た。

（もしかして……さっきの大丈夫っていう言葉は……）

ふいに訪れた期待に、胸が跳ねる。

ゆっくりと視線をハロルド様のほうへ向けると、優しく細められたエメラルドグリーンの瞳と目が合った。

（まさか……本当に……？）

そんなわたしの気持ちを察したかのように、ハロルド様が一歩ずつこちらに歩み寄ってきた。

「譲れと言うならお譲りしますよ。真に私が欲しいと思うのは、殿下……アナタの婚約者なので」

そう言い終わると同時に、ハロルド様はわたしの前に辿り着く。

「マリーアンネ嬢……さあ、こちらへ」

「え……あの……」

当然のように手を取られ、光の中へ連れ出される。

明るい日差しの中で、ハロルド様は片膝をついた。

「以前にプロポーズはしたが……これはまだだったな」

「え……？」

状況を呑み込めないでいるわたしの手を包むように握って、甲にそっと口づける。

「マリーアンネ・クラリンス侯爵令嬢。私と婚約してくださいますか？」

「……っ」

(ああ、これがもし夢なら……)

永遠に、目が覚めなければいいのに。

そう思いながらも、この瞬間を逃さないように、わたしは涙で滲《にじ》む視界で何度もうなずいた。

「はい……はい……！　もちろんです」

「ああ、やっと戻った……俺のマリーアンネ」

ほっとしたような呟きとともに抱き寄せられて、首の後ろでカチリと音が鳴る。

それはハロルド様からもらった、あのネックレスだった。

「もう、どこにも行くな」

「……はい」

陽の光を受けて輝くブルーサファイヤは、プロポーズを受けたときと同じく、とても美しい。

その輝きを目にして、わたしはようやくこれが現実だと実感した。

けれどこんな光景を、彼女たちが黙って見ているはずがない。そんなわたしの不安を煽《あお》るように、一番先に声を上げたのはアイズ先生だった。

「こんなの……冗談でしょう？　ハロルド様と婚約するのはわたしなのよ！　わたしだけが、彼にふさわしいの！　王妃様、あなたに協力すれば間違いなく彼と婚約できると言ったじゃないですか！」

「そうだわ！　これじゃ話が違うじゃない！　お姉さまを第二妃にして、ずっと一緒にいられるようにしてくれるっておっしゃったのに！」

食ってかかるふたりに、王妃様は困り果てたような表情で小さく首をかしげた。

「一体、なんの話かしら……？」

「知らないとは言わせませんよ、義姉上《あねうえ》」

ハロルド様は守るようにわたしを抱いたまま、王妃様を鋭く睨《にら》みつけた。

「あなたとグロリア公爵が企んでいたことについては、すでに兄上に証拠をお渡ししている」

「本当にわからないわ……グロリア公爵、なんのことかわかって？」

「いいえ、ついぞなんの話かわかりませんなぁ」

「……もう、いい加減にしてくれ」

怒気を堪えているのか、それとも失望しているのか、苦々しげな陛下の声が広間に、波紋のように響いた。

「ハロルドとクロードから、全ての証拠を受け取っている！　まさか権力欲しさにクロードにまで毒を盛るとは、常軌を逸《いっ》しているとしか思えん！」

「まあ、陛下までこんな与太話をお信じになるの？」

「そうです。そもそもその証拠だって本物かどうか……」

「母上も、グロリア公爵も……どうしてもご自分の罪をお認めにならないのですね」

クロード殿下は悲しげに瞳を伏せると、意を決したように陛下の前に跪《ひざまず》いた。

「陛下……このまま俺が王位を継承するわけには参りません。どうか王位継承権を放棄することをお認めください。そしてどうか叔父上を……メイヤー公爵を王太弟に……！」

「クロード……なにを、言っているの？」

それまで余裕の笑みを浮かべていた王妃様の表情が、途端に険しくなる。

「あなたが王位継承権を放棄するなんて許されないことだわ。ダメよ、絶対に」

「母上……もう全ての企みが明るみに出たのです。あなたは俺を傀儡《かいらい》にして、メイトリアの伯父上に実権を握らせようとしていらっしゃったのでしょう。そして俺はなにも知らず、その企みに加担していた……そんな者が、王太子の位にいるべきではない」

「ダメよ……そんなのダメ！　なんのために、あなたを産んで育てたと思っているの！」

「王妃様、落ち着いて……」

「これが落ち着いていられるものですか！」

もうなりふり構っていられないのか、王妃様は制止しようとするグロリア公爵の手を払いのけて、声を荒らげ続ける。

「あなたは、お兄様のお人形にならないといけないの！　そうなるように、賢い婚約者を遠ざけたのに……あなたは王位について、ただ自由に過ごしているだけでいいのよ。あとはお兄様が全部やってくれるわ」

「アリアローズ……それはどういうことだ」

静かに声を上げたのは、それまで黙っていた陛下だった。

「クロードを、君の兄の人形にすると、本気で言っているのか？」

「ええ、もちろんです」

静かな陛下の問いかけに、王妃様はどこかうっとりしたように話し出した。

「わたしは、お兄様に言われて陛下に恋をしたのです。お兄様が必要だと言うから、陛下を好きになって結婚して子供も産んだのですよ。全部お兄様が将来、このエルディニアを手中に収めるときのために」

（こんなの、普通じゃない……）

きっとこの場の誰もがそう思っている。これ以上は聞かないほうがいい、とも。

けれど、まるで舞台女優のように話し続ける王妃様の迫力に、誰も止めることができないでいた。

「お兄様が、クロードにはあまりお勉強させなくていいと言ったからそうしたわ。邪魔者を廃するために、息子に毒も盛った。それに賢い婚約者もいらないと言うから、エリアーナを使ってマリーアンネとの婚約解消させた。それなのに、公爵のほうが王にふさわしいなんて……クロードが、王太子の座から退《しりぞ》くなんて、そんなのダメよ」

ふわふわとした足取りで、王妃様はクロード殿下に歩み寄る。そして、慈《いつく》しむようにその頬に触れようと手を伸ばす。

「全部全部、あなたのためなのよ、クロード。あなたがマリーアンネたちと幸せに暮らせるように、面倒なことは全部お兄様がやってくれる。だからね、王太子の座を退《しりぞ》くなんて言っちゃダメなの」

「母上……そんなこと、俺は望んでいません」

キッパリとした口調でクロード殿下が言い切ると、王妃様は一気に声を荒らげた。

「あなたの考えなんて関係ないの！　お兄様がそう望んでいるのだから！　だからわたしは陛下と結婚したの、グロリア公爵だって味方につけたわ！　この国のためにもなるのよ、だから――」

「もういい……義姉上《あねうえ》とグロリア公爵を捕らえろ」

そのハロルド様の一言で、王妃様とグロリア公爵はあっという間に身柄を拘束される。

「陛下、これはなにかの間違いです！　全てメイヤー公爵が企《くわだ》てた罠なのです！　どうか王妃様の言葉を信じないでください」

「クロード、クロード！　わたしは絶対に認めないわ！　あなたはお兄様のお人形にならないといけないのだから！」

大広間にそんな叫びを残す王妃様とともに、この件に関与した者たちは連行されていった。

王妃様とグロリア公爵が捕らえられたあと、この件に関わったとして数名の貴族が身柄を拘束された。

集まっていた貴族たちもひとまず解散を命じられ、大広間に残ったのはわたしとハロルド様、そしてクロード殿下と陛下だけ。

静かになったその場所で、クロード殿下は改めて陛下に向かって膝をついた。

「今回の件は、全て私の未熟さが招いたことです。どうか、王位継承権を放棄することを……父上、いえ陛下にはお認めいただきたい」

「……お前だけを無罪放免にするわけにもいかないからな」

苦しげな表情でうなずいた陛下は、ゆっくりと立ち上がると、そのままハロルド様の前に立った。

「ハロルド……お前には苦労ばかりかけて申し訳ない。だがどうか、王太弟になってはくれないだろうか。この通りだ、頼む」

深く頭を下げる陛下に、ハロルド様は慌てたように声をかける。

「兄上、そんなことをなさらないでください……事を起こした以上、もとよりその覚悟はできています」

「……本当にすまない……そして、ありがとう」

陛下がいつから事実を知っていたのかはわからないが、わたしたちが想像するよりもずっと辛いはずだ。相思相愛だと思っていた相手が、実は自分を裏切っていたのだから。

けれどそんな苦しさは見せることなく、陛下は眉尻を下げて微笑むと、わたしとハロルド様を見た。

「……こんなことなら、建国祭の日、マリーアンネ嬢があのドレスを着て現れたときにこうしていればよかったな」

「陛下……それは、どういうことでしょう？」

首をかしげるわたしたちに、陛下は懐《なつ》かしむように目を細めて話し出す。

「あのドレスが、母上……前王妃のものであることは聞いたかな？」

「はい」

「実は、あのドレスを仕立てるときに母上が言っていたのだ……『これは、あなたの次に王になる者の妻へ渡るようにするつもりなのだ』とな」

ドレスが完成したあとすぐ、当時の国王夫妻は事故で亡くなり、陛下もあのドレスのことは忘れてしまっていたらしい。

「だから、あのドレスを着たマリーアンネ嬢を見たときは本当に驚いたよ」

「そうだったのですね……」

「あのドレスにそんな話があったとは、全然知りませんでした」

「ドレスを渡されたとき、なにも聞かなかったのか」

陛下は意外だというような表情で、ハロルド様を見た。

「母上からあれを受け取ったときに言われたのは……『自分の一番愛する人ができたときに渡しなさい』と」

「なるほど、母上らしいな……」

「はい」

ふたりは思い出したように笑みを交わすと、改めて神妙な顔つきになる。

「今後は王太弟として忙しくなるだろう」

「ええ、覚悟はできています。それに、とても頼りになる婚約者もいますからね」

「そうだったな……」

陛下はどこか疲れ果てたように微笑むと、ぽんとハロルド様の肩を叩いた。

「今後の細かいことに関しては、明日から話し合うとして……今日は戻って休むといい」

「いえ、その前にひとつお願いが……」

「なんだ？」

「解消してしまったマリとの婚約を、結び直したいのです」

「ああ、そういうことなら今日中に書類をメイヤー公爵邸に送ろう。今日はどこも騒がしいだろうから、マリーアンネ嬢もハロルドの屋敷に滞在するといい」

「お気遣い、ありがとうございます」

「では行こうか、マリ」

「はい」

ここに来たときとは違って、わたしはハロルド様のエスコートを受けて大広間を出る。

（本当に、全部終わったんだわ……）

さっきまでのことがまるで嘘のように、王宮の中は穏やかで静かだ。

そんな静寂の中で、ハロルド様の低い声が穏やかに響いた。

「マリ……ずっとひとりで、不安にさせてしまってすまなかった……」

「いえ、そんな……」

（そういえば、わたし……ハロルド様にひどいことを言ったんだわ……）

あの日、彼に言ってしまった言葉を思い出して、わたしは慌てて頭を下げた。

「ハロルド様……その、あのときは本当に申し訳ございませんでした」

「……どうしてマリが謝るんだ？　謝るのは俺のほうだろう」

「いえ、でもわたし……ハロルド様にひどいことを……」

わたしの言葉に、ハロルド様はようやく納得したようにうなずいた。

「ああ、あのときのことなら気にしなくていい……俺のためだとわかっていたから」

「でも……」

「いいから……今日は屋敷に戻って、君が帰ってきたことを俺に実感させてくれ」

「……っ」

優しく額に触れた唇の感触にドキリとしながら、わたしはハロルド様とともに冬晴れの空の下へと歩き出した。

最終章

騒動から数週間が経った。

その間、わたしたちの婚約は正式に結び直され、ハロルド様が王太弟になったことが国内外に公表された。

それと同時に、今回の件に関わった者たちに裁きが下されることとなった。

「……しばらく、国が荒れそうだな」

「こればかりは仕方ありません……きちんと裁きを下さねば、後々禍根《かこん》を残しますから」

「ああ、そうだな……これくらいで弱気になっている場合じゃない」

「でも、無理はなさらないでくださいね」

「ありがとう」

書類に目を通しはじめるハロルド様に、わたしはお茶を淹《い》れる。

(まあ、ハロルド様がお疲れになるのも無理はないわよね)

王太弟位についてすぐに、今回の件についての裁可《さいか》を下すことになったのだから。

エリアーナは、王妃様とグロリア公爵の企みに直接関与していなかったことが幸いし、王室直轄の厳しい修道院へ送られるにとどまった。

判決が下っても、最後まで『わたしはただ、お姉さまと一緒にいたかっただけ。なにも悪いことはしていない』と繰り返していたらしい。

たしかにそうかもしれない。あの子はただ、自分の気持ちのままに行動しただけ。事実、エリアーナがしたことといえば、わたしとクロード殿下を婚約解消させただけだ。

だから、なにも知らずエリアーナは利用されただけだと、同情する貴族もいた。

けれど、ハロルド様はそんな彼らに言ったのだ。

高位貴族として、無知は罪である。

知らないのなら、知らなければならない。

民の上に立つのなら、知らぬ存ぜぬではいられない。

同情できるのは、全てが未遂で済んだからなのだ。

もし今、王妃の企《くわだ》てが完遂されていたら、同情などできなかったはずだ――と。

そのハロルド様の言葉に、わたしを含め、反論できる貴族はいなかった。

だから、エリアーナは修道院に送られた。

それに伴い、クラリンス家にも処分が下ることになった。表面上、我が家は関係ないように見えたけれど『なにもしない』という条件で、王妃様から多額の資金を得ていたことがわかった。

けれど、被害者と加害者を出している現状を考慮し、父と母は、受け取った金銭を返却した上で、領地北端にある屋敷での閉門処分となった。

侯爵領の管理については家門で一悶着あったけれど、一旦全てを王家預かりとし、わたしとハロルド様の間に産まれる子のひとりに、爵位と領地を引き継がせるということで落ち着いた。

アイズ・モーリア伯爵令嬢は、メイトリアへの留学中、王妃様からの情報をメイトリア高官に流していたと嫌疑《けんぎ》がかけられており、現在余罪調査のため王家敷地内にあるセニグリア監獄に収監されている。いろいろと話しはじめたそうだけれど、少し心を病んでしまっているのか、ことあるごとにハロルド様の名前を出しては騒いでいるらしい。

彼女の実家であるモーリア伯爵家は事件に関与していなかったが、事の重大さを鑑《かんが》み爵位の返上を申し出た。けれど、現当主の疑うことなき忠誠心と長年の忠義に免じて、領地の一部返還のみで許されることとなった。

王妃に協力し、わたしを誘拐したアドルフ・ド・ミレストンは、メイトリアに強制退去となり、二度とこの国に立ち入ることを禁じられた。

クロード殿下は王族から除籍の上、ハロルド様の監視下に置くという名目で、先代王妃様のご実家で、跡継ぎのいないアルバン伯爵家へ養子に入ることになった。

主犯格のひとりだったグロリア公爵は、国外の者と内通し、国を危険に晒《さら》した罪で、公爵家取り潰しのうえ、鉱山での強制労働が決まった。極刑を求める声も多かったけれど、高齢のグロリア公爵にとって鉱山での労働は、きっと死よりも辛い日々になることは想像に難《かた》くない。

まだ完全に落ち着いたわけではないし、グロリア公爵家門の者たちからの反発が大きいけれど、それもそのうち収まるだろう。

グロリア公爵を擁護《ようご》し続けるということは、謀反《むほん》を肯定しているのと同じだからだ。

そして王妃様には、エルディニア北部にあるエドラス監獄で一生幽閉という処分が言い渡された。彼女の身の処遇について、メイトリアに問い合わせたところ、この件に関しては王妃の独断であるという返答が来たそうだ。そして、王妃の処遇についてはエルディニアの好きにしていい、と。

（その報《しら》せのあとから、王妃様は途端に自分の罪を認めるようになり、全てが自分の責任だと言い始めた）

それこそがメイトリアの責任だと言っているようなものだけれど、これ以上なにをすることもできないだろう。

（とにかく、あんなことがあった以上……もう、下手なことはできないでしょう）

これで、本当に全てが終わったのだ。

そう思うと、自然に肩の力が抜ける気がした。

「マリ……少し外へ散歩に行かないか？」

「あら、その書類を済ませなくてはならなかったのでは？」

「散歩のあとでも書類は済ませられる」

山のように積まれた書類を見て見ぬふりして、ハロルド様はそそくさと立ち上がる。

「ハロルド様、とても魅力的なお誘いですが……わたしも、やらなければならないことがあるのです」

言いながら視線を応接テーブルのほうへ動かすと、そこには山のように積まれた手紙があった。

「一旦、なかったことにはできないか」

「それは、無理だと思います」

「なら、一刻も早く終わらせるしかないな」

「ふふ、そうですね」

ため息を吐きつつ、真剣に仕事に取りかかりはじめたハロルド様のそばで、わたしも自分にできることをしはじめる。

（わたしも、このたくさんの招待状を早くなんとかしないとね……）

招待状は、どれもわたしとハロルド様を招きたい貴族から届いたものだ。

どれに出てどれに出ないか、それを決めるのはわたしの役目になった。

（よし！）

さっそく取りかかろうとしたとき、部屋の扉がノックされた。

「失礼いたします」

「ああ来たか、セントーニ侯爵」

丁寧に一礼して入ってきたのは、セントーニ侯爵――カルザス・セントーニ侯爵だ。

「実は、新たにいただいた領地についてお聞きしたことがございまして……」

「ああ、突然広大な地を任せることになってしまったからな。俺に力になれることがあれば言ってくれ」

「ありがとうございます。では――」

ふたりは早速、領地の税収について相談を始める。そんな様子に、思わず頬がゆるんだ。

（ひとりでも、信頼できる方がハロルド様のそばにいてくれてよかった）

今回の功労者とも言えるセントーニ博士は、元々伯爵家だったのを侯爵に引き上げられ、今までグロリア公爵が管理していた領地を管理してもらうことになった。

（功労者といえば、ブルーウィントン公爵もそうなのだけれど……）

彼は、なにやらハロルド様とノーディア殿下と約束したことがあるとかで、全ての褒賞を辞退したそうだ。

（とにかく、これから頑張らないと！）

気合いを入れ直したわたしの前に、紅茶のカップが差し出された。

「お嬢様、ハーブティーです」

「ありがとう、ルリカ」

「お忙しいのは重々承知しておりますが、あまり無理はなさらないでくださいね」

「ええ、わかっているわ」

忙しいけれど穏やかで、優しい時間が流れていく。

そのかけがえのなさを知っているからか、なんだか泣きたい気持ちになりながら、わたしは早速二通目の招待状の封を切った。


あれからどれくらいの時間が流れたのだろう。

降り積もっていた雪はゆっくりと溶けはじめ、春の気配がもうすぐそこまで迫ってきていた。

「今日は、明るめの色のドレスにいたしましょうか」

「ルリカに任せるわ」

「それなら、全力を尽くさせていただきます！」

「ふふ、お手柔らかにね」

今日は、ノーディア殿下とユーティリア様、それにセントーニ侯爵やブルーウィントン公爵を招いてのお茶会を開催することになっていた。

ようやく全てが片付き時間ができたので、ノーディア殿下たちが国に帰る前に、親交を深めておこうという話になったのだ。

「さあ、お嬢様。準備が整いましたよ」

「ありがとう」

淡い黄色のドレスは、春の訪れを感じさせるにはぴったりで、なんだかいつもより顔色も明るく見える。

「完璧です。お嬢様」

「ルリカのおかげだわ」

そんな話をしていると、ハロルド様が迎えに来てくれた。

「ああ、いいな。そのドレスはマリによく似合っている。まるで春の妖精のようだ」

「ハロルド様も、とても素敵です」

互いを褒め合いながら、わたしたちはパーティー会場へ向かう。

すると、すでにもう招待客が全員そろっていた。

「ああ、やっと来たか」

「マリお姉さま、待っていたわ！」

「先に始めさせてもらってますよ～」

「ブルーウィントン公爵……少しは遠慮なさってください」

何度か会ううちに、セントーニ侯爵とブルーウィントン公爵はすっかり打ち解けたらしい。

親しげな雰囲気は、とても居心地がよかった。

穏やかなお茶会を楽しんでいると、ふいにノーディア殿下がハロルド様に声をかけた。

「そういえば、モーリア伯爵令嬢の処分はどうなった？」

「殿下～、さすがにその切り出し方は露骨《ろこつ》すぎませんか？」

呆れたように言うブルーウィントン公爵に、ノーディア殿下は気にした様子もなく微笑む。

「お前たちにいくら聞いても口を割らないから、当事者に聞いてるんだろ……で、どうなんだ？」

改めてじっと見つめられ、ハロルド様はため息交じりに口を開いた。

「ここにいるのは関係者だけだから話すが、外には漏《も》らすなよ」

「もちろんだ」

ノーディア殿下がうなずくのを見ると、ハロルド様は少し声を抑えて続けた。

「モーリア伯爵令嬢は、マリの誘拐の件に関係していたし、病を得たこともあって領地の屋敷に幽閉されることになった」

「へえ……まあ、牢に入ってなお、お前と結婚できると思い込んでいたし、病と言えば病だよな」

彼女のハロルド様に対する執着は並のものではなく、王妃様の企みを利用してハロルド様と結婚できるように、策を弄《ろう》していたらしい。

彼女はメイトリアに留学中、メイトリア王と王妃様のパイプ役を担っていたのを利用し、『マリーアンネとハロルドの婚約を破棄させるように』という内容の手紙を王妃様に渡したそうだ。

その頃、わたしとハロルド様こそ次期国王夫妻にふさわしいという声が出ていたため、王妃様は疑うことなく手紙を信じたらしい。

わたしたちの婚約解消について王妃様から一任された彼女は、自分とハロルド様の噂を意図的に流し、それでもわたしたちが別れないのを見て、今度はアドルフ様を利用した。

彼女にとってはわたしがハロルド様と別れさえすれば、あとはどうなってもよかったらしい。

「とにかく、伯爵領で幽閉となればもう会うこともないだろうし、一安心だな」

「……ああ」

ノーディア殿下の言葉に、ハロルド様はなんとも言えない顔で小さくうなずいた。

「あ〜、殿下のせいで空気が重くなっちゃったじゃないですか。ほら、もうこの話は終わりです。もっと楽しい話をしましょう」

「そうね！　もっと楽しいお話をしましょう」

ブルーウィントン公爵とユーティリア様が声を上げたのをきっかけに、お茶会はもとの心地よい空気を取り戻す。そのまま楽しい時間を過ごしていると、ユーティリア様が思い出したように口を開いた。

「そうだわ、お兄さま。ターシャのこと、お姉さまに話してもいい？」

「ああ、そうだったな」

「あのねマリお姉さま、ターシャなのだけど、お姉さまがもらってくれないかしら？」

「え、ですが……」

戸惑うわたしに、ユーティリア様は続けた。

「ここにいる間に、ターシャも十分ふたりに懐《なつ》いたし、少し寂しいけど、お姉さまたちになら安心して任せられるわ」

「ユーティリア様……」

寂しそうに微笑むユーティリア様の姿に、なんとも言えない気持ちに駆られる。

どうにかしたいと思うけれど、彼女の決断を尊重したかった。

「あの、ターシャは一度にどれくらいの距離を飛ぶことができるのですか？」

「そうね……ターシャなら、ハークとエルディニアくらいの距離は簡単に飛べるわ」

「それなら、私と文通をいたしませんか？」

「文通……？」

キョトンとするユーティリア様に、わたしは微笑んでうなずいてみせた。

「ええ、ターシャに手紙を運んでもらうのです。きっとターシャも、ユーティリア様に会いたいと思いますから」

「……ありがとう！　本当にありがとう、マリお姉さま！」

「ふふ、こちらこそ……ターシャを預けてくださってありがとうございます」

嬉しそうに、ぎゅっと抱きついてくるユーティリア様を、わたしは抱きしめ返す。

そんなわたしたちの様子を見ながら、ブルーウィントン公爵がハロルド様に視線を向けた。

「そういえば、王太弟殿下はいつ即位されるのですか？」

「そのことなんだが……」

ブルーウィントン公爵の問いに、ハロルド様はどこか申し訳なさそうに話し出す。

「実はこれまでいろいろあって政界から離れていたし、本格的な公務自体が久々だから、即位まで三年の猶予《ゆうよ》をもらうことになった」

「それなら、ブルーウィントンの件も三年後だな」

「さ、三年!?」

ブルーウィントン公爵はショックを受けたようにうなだれると、抗議の声を上げはじめた。

「こんなの間違ってる！　三年なんて待てませんよ、殿下！　もっと早く、どうにかなりませんか？」

「これればかりはどうにもな……」

「おふたりの結婚式は二月後なんですから、即位もそのときにしたらいいでしょう！」

「ブルーウィントン公爵……無理をおっしゃってはいけませんよ」

「無理なんて言ってない！　ていうか、三年もかかるなんて聞いてませんよ、殿下方！」

食い下がるブルーウィントン公爵を見かねたように、セントーニ侯爵が止めに入る。

侯爵はもうすっかり、公爵の扱いに慣れたようだ。

（また、こんな時間が過ごせるようになるなんて……）

親しい人たちの笑みに囲まれる幸せを噛みしめて、わたしは春の訪れを待ち遠しく思っていた。

エピローグ

野に花々が咲き乱れ、段々と夏の気配すら感じはじめたある日。

わたしとハロルド様の結婚式が行われることになった。

「うぅっ……どってもおぎれいでず……おじょうざま……」

「ルリカ、もう……泣きすぎよ」

ウェディングドレスに身を包んだわたしを見て、号泣するルリカの頬をハンカチで拭ってやる。

「申し訳ございません……でも、本当にお綺麗でぇ……うっ、うぅ……」

「あなた、いつからそんなに泣き虫になったの？」

泣きじゃくるルリカをなだめていると、あっという間にハロルド様が迎えに来てくださる時間になった。

「マリーアンネ様、よろしいでしょうか？」

「ええ、どうぞ」

バルドの声に返事をすると、ゆっくりと扉が開いて、婚礼用の純白の正装に身を包んだハロルド様が姿を見せた。

「マリ、遅くなって……」

「……！」

（とっても、素敵だわ……）

思わず見惚れるわたしに歩み寄ると、ハロルド様はそっとわたしの手を取った。

「すごく、綺麗だ」

「ハロルド様も……素敵です」

「う、うっ……おふたりとも素敵すぎますぅ……」

どうしても涙を止められないらしいルリカに、わたしもハロルド様もくすりと笑ってしまう。

「まったく。あなたは今日から王太弟妃付の侍女頭になるのですから、しっかりしてください」

「は、はい！」

王太弟付侍従頭となったバルドにたしなめられて、一度は表情を引き締めるけれど、それもものの数秒で崩れ去った。

「ふふ、ルリカおめでたい席なのだからあなたの笑顔が見たいわ」

「うう、お嬢様……本当におめでとうございます……ルリカは、嬉しくて嬉しくて……嬉しすぎて、泣いてしまうんです……」

「ええ、ありがとうルリカ」

ずっとそばにいて、わたしを見守っていてくれたルリカだからこそ、こんなにも喜んでくれるのだろう。そう思うとすごく嬉しくて、なんだかわたしも泣きそうになってしまう。

「マリが泣き出す前に、そろそろ行こうか」

からかうようなハロルド様に導かれて、わたしは式場へ向かう。

それは、新しい未来へ続く道だ。

望んで望んで、やっと手に入れた、愛する人とともに歩む道。

「ハロルド様」

「ん？　どうした？」

呼びかけに答えてくれる彼に微笑んで、わたしは愛の言葉を紡いだ。

彼だけに伝えたい愛の言葉を――

その結婚式は、暖かい日差しのもと盛大に行われた。

多くの参列者に祝福され、見守られながら、わたしは最愛の人とこれからの先の未来を誓う口づけを交わす。

なんの不安もなく未来を誓い合える喜びを噛みしめながら、わたしはこれ以上ないくらいの幸せに包まれるのだった。

可愛い義妹が婚約破棄されたらしいので、今から「御礼」に参ります。
1
Regina COMICS
原作 春先あみ
漫画 桜井しおり
最強夫婦の痛快ざまぁファンタジー！
賢く美しく、勇敢なローゼリア。幼馴染みの婚約者・ロベルトとの結婚式を迎え、彼女は幸せの絶頂にいた――ある知らせが届くまでは。なんと、ロベルトの妹・マーガレットがボロボロの姿で屋敷に帰ってきたのだ！　聞けば、王太子に無実の罪で婚約破棄され、ひどい暴行まで受けたという。彼女を溺愛しているローゼリアは、マーガレットを理不尽な目に遭わせた王太子に真っ向から報復することにして――？
「殴ったのなら、殴られても文句はないですわね？」
絢爛豪華な復讐劇、ここに開幕!!
さあ"お馬鹿様"ざまぁのお時間です
大好評発売中！
ISBN978-4-434-31936-5
B6判 定価：748円（10%税込）
アルファポリスWebサイトにて好評連載中！
アルファポリス 漫画
検索

本書は、「アルファポリス」（https://www.alphapolis.co.jp/）に掲載されていたものを、
改稿・加筆のうえ、書籍化したものです。

婚約者《こんやくしゃ》を譲《ゆず》れと言《い》うなら譲《ゆず》ります。
私《わたし》が欲《ほ》しいのはアナタの婚約者《こんやくしゃ》なので。2

海野凛久（うみの りく）

2023年 5月 5日初版発行

編集－渡邉和音・森 順子
編集長－倉持真理
発行者－梶本雄介
発行所－株式会社アルファポリス
〒150-6008 東京都渋谷区恵比寿4-20-3 恵比寿ｶﾞｰﾃﾞﾝﾌﾟﾚｲｽﾀﾜｰ8F
TEL 03-6277-1601（営業） 03-6277-1602（編集）
URL https://www.alphapolis.co.jp/
発売元－株式会社星雲社（共同出版社・流通責任出版社）
〒112-0005 東京都文京区水道1-3-30
TEL 03-3868-3275
装丁・本文イラスト－梅之シイ
装丁デザイン－AFTERGLOW
（レーベルフォーマットデザイン―ansyyqdesign）
印刷－中央精版印刷株式会社

価格はカバーに表示されてあります。
落丁乱丁の場合はアルファポリスまでご連絡ください。
送料は小社負担でお取り替えします。

ISBN978-4-434-31939-6 C0093